ベリーズ文庫

もう恋はしないはずが——凄腕パイロットの激愛は拒めない【ドクターヘリシリーズ】

佐倉伊織

STARTS
スターツ出版株式会社

目次

もう恋はしないはずが――
凄腕パイロットの激愛は拒めない
【ドクターヘリシリーズ】

プロローグ

「なあ、どうしてそんな顔してるんだ？」

生気を吸い取られそうなほどの激しいキスから解放した彼は、息が上がる私に問いかけてくる。

一体、どんな顔をしているというのだろう。

自分ではよくわからないものの、頬が赤く染まっていることだけは間違いない。

「見ないで」

切れ長の目でまじまじと見つめられるのに耐えられなくなった私は、両手で顔を覆った。

「なんで？　キスだけでこんなふうにとろけるなんて、かわいくてたまんない」

とろける？　だとしたら、あなたのせいなのに。

そう反論したいが、もちろん言えない。

「顔見せて」

「嫌」

「即答するな」

彼はくすくす笑っているけれど、私はまったく余裕がない。

「まあ、そうやって恥ずかしがるお前も最高なんだけど……」

「キャッ」

彼が私のカットソーを一気にまくり上げたので、声が漏れた。

「顔、隠さなくていいのか？」

慌ててカットソーを押さえると、彼はにやりと笑う。

「だ、だって……」

「それじゃあ、手はここ」

彼は私の手を取り、自分の後頭部へと誘導する。

「な、なにして……」

「刺激が足りないときは、自分で引き寄せて」

「はっ？　……っ。ああっ」

意味のわからない言葉をつぶやいた彼が、ブラジャー越しに私の胸を食《は》むので、甘い声が出てしまう。

「そう、その調子。そろそろ、その気になった？」

余裕の笑みを浮かべる彼は、ブラのカップを噛《か》んで口でずらす。その姿がたまらなく色っぽくて、鼓動がいっそう速まっていく。

しかも、私の反応を確かめるように視線を合わせるので、恥ずかしすぎた。

「ここ、触ってほしいみたいだ。自分で俺の頭を引き寄せて」

彼は胸の先端で存在を主張するそれに、ふーっと息を吹きかける。彼に散々植えつけられてきた快感がよみがえり、体の奥が疼《うず》きだした。

「どうした？　腰、うねってる」

目ざとく見つけた彼に指摘されて羞恥心《しゅうちしん》でいっぱいなのに、熱い蜜《みつ》が滴りだしたのがわかる。

なにも言えずに小刻みに首を横に振ると、彼は舌を尖《とが》らせ、胸の先端を軽く突いた。

「あ……んっ」

「すごい敏感。まだちょっと触れただけだぞ」

そうやって焦《じ》らされるとますます感度が上がっていくのを知っていて、わざとやっているに違いない。

「今日はこれで終わる？」

彼は少し意地悪だ。こんなに火照《ほて》った体を置き去りにされたら、たまらない。

でも、自分から欲しいなんて口が裂けても言えなかった。

「もっとしてほしいときは、どうするんだっけ?」

自分で彼の頭を引き寄せろと言っているのだろう。

いじめないでと叫びたくなるのと同時に、そうやって煽《あお》られると感情の高ぶりを抑えきれなくなる。

「いつでもどうぞ」

余裕な彼の言うがままになるのが悔しい。けれど、もう我慢の限界だった。

思いきって彼の頭を引き寄せると、彼は待っていたと言わんばかりに、胸の尖りを口に含み、舌で転がし始める。

「……んんっ、はぁっ……あっ」

気がつけば、彼の頭を自分の胸に押しつけていた。

「はぁー、もうほんと、お前に翻弄《ほんろう》されっぱなし」

一旦愛撫《あいぶ》をやめた彼が、私の額に額を当ててささやく。

翻弄しているのは彼のほうなのに。

「好きだ。もう二度と離さない」

少し濡れた薄い唇を動かして、吐き出すように言う彼は、私の唇をふさいだ。

動揺走る再会

「なん、で……」

東京都《とうきょうと》にほど近い千葉県《ちばけん》にある臨海《りんかい》総合医療センターでドクターヘリチームに所属している私、遠野真白《とおのましろ》は思わずつぶやいた。

朝礼で紹介されたドクターヘリパイロットが、二年前に別れた彼だったからだ。

人事異動で新しいパイロットが着任するとは聞いていたけれど、まさか彼だとは。

ドクターヘリのヘリ部門である、パイロット、整備士、そして私が担当している運航管理士――通称CS《シーエス》（コミュニケーションスペシャリスト）は、病院の職員ではなく航空会社の社員だ。

CSは、消防からの出動要請を受けてヘリの出動を指示し、安全な運航を支援するのが役割だ。消防や各病院との調整を図ったり、ヘリを着陸させる――ランデブーポイントの選定も行ったりする。

私たちが在籍しているのは、全国各地のドクターヘリを運航している日本《にほん》エアー航空。今日着任した小日向篤人《こひなたあつと》さんは、現在三十歳で、二十八歳の私のふたつ先輩にあたる。

篤人さんと初めて会ったのは、入社してすぐのこと。ヘリコプターのパイロットとして働き始めた私は、彼に随分しごかれた。

当時彼は、送電線パトロールや航空写真撮影等の業務にかかわっており、私も何度も同乗させてもらったが、天才的な操縦テクニックに圧倒され通しだった。

篤人さんは海外の大学を卒業し、自家用ヘリコプターの免許を取得。難易度の高いことで有名な大手航空会社、ＦＪＡ《エフジェイエー》航空のパイロット採用試験に合格したものの、ドクターヘリに乗りたいと、内定をあっさり蹴った変わり者だ。そんな人だけに驚くほど能力が高く、ほかのパイロットから一目置かれる存在だった。

彼は後輩に厳しく指導もしたが、困っているとことん付き合ってくれるような面倒見のよさもあった。必死に彼に食らいついていた私を見初めてくれて、私が二十四歳のときに告白されて付き合うことになり、ほどなくして同棲《どうせい》を始めた。

ちょうどその頃、総飛行時間一千時間の機長経験という、ドクターヘリの乗務に必要な条件をクリアした篤人さんは、ついにドクターヘリ業務を開始した。

ドクターヘリパイロットは、ドクターヘリの仕事と旅客の輸送などを掛け持ちするケースが多い。一週間前後病院で勤務したあと、休日を挟んだりその他の業務をこなしたりするのだ。
そのため、ドクターヘリに搭乗するときは勤務する病院近くのホテルに宿泊すると
いうような状況で、同棲開始早々、毎日一緒にはいられなくなった。
それでも念願のドクターヘリに乗り始めた篤人さんは輝いていて、それを見ている
だけで満足だったし、私もいつかドクターヘリに乗りたいと志すようになるほどよい
影響を受けた。
それに、一緒にいられる時間が短い分、ふたりで過ごす時間は思いきり甘やかして
くれた。ベッドの中でもとびきり優しく……しかし時々激しく私を抱く彼から、深い
愛を感じていた。
結婚の約束も交わしたけれど……とある理由で私から別れを申し入れ、頑《かたく》なに拒
否していた彼も最終的に『真白はそれで本当に幸せになれるんだな』と念押ししなが
ら、渋々別れに同意してくれた。
その別れた彼が、目の前にいる。
同棲を解消したあと、パイロットから地上職に異動した私は、ふたりで住んでいた
東京から離れて、千葉の病院で働き始めた。
運航管理職には、ほかにディスパッチャーという、ドクターヘリ以外のヘリコプ

ターのフライトプランを立てたり当日の運航をアシストしたりする仕事もあった。けれど迷わずドクターヘリのCSを選択したのは、仕事に誇りを持ち邁進《まいしん》していた篤人さんの影響からだ。

その気持ちについて誰かに打ち明けたことはない。ただ、篤人さんは気づいているのだろうなと、内心思っていた。

それでも、顔を合わせることはなくなったので気まずく感じることもなかったのだけれど……その彼が目の前にいて、落ち着かない。

ドクターヘリチームが所属している救命救急科の医局長が、スタッフに篤人さんを紹介している。彼は笑顔で医局長の話にうなずいているものの、目は明らかに後方にいる私を捕らえていた。

「本日からどうぞよろしくお願いします」

篤人さんは、さわやかな笑みを浮かべて、皆に頭を下げた。

「ヘリチーム、ブリーフィングするぞ」

今日、ヘリに乗務する救命救急医の綾瀬《あやせ》海里《かいり》先生が、ヘリチームに声をかける。ブリーフィングとは毎朝行うミーティングのことで、ヘリを安全に運航するためには欠かせない時間だ。

パイロットの篤人さんはもちろん参加するため、早速近くに行かなければならないのが気まずい。とはいえこれは仕事だと気持ちを切り替えて、胸のあたりまであるストレートの髪をひとつに束ねた。

運航管理室に向かうと、綾瀬先生ともうひとりのドクター、そしてフライトナースとしてはまだ新人の井川《いかわ》さんが並んで座っている。テーブルを挟んで、篤人さん、整備士、そして私が腰かけた。

「初めてなので、小日向さんからひと言どうぞ」

綾瀬先生に促された篤人さんは立ち上がる。

「本日からお世話になります小日向です。これまでは静岡県《しずおかけん》の病院でドクターヘリに乗っていました。今後、臨海総合医療センターのドクターヘリ専属になりますので、どうぞよろしくお願いします」

ドクターヘリ専属になるのは、篤人さんたっての希望だった。それが叶うと知り、うれしくなる。

この病院のドクターヘリ出動率は、ほかの地域に比べて高く、それゆえ優秀な彼が抜擢《ばってき》されたのは納得できた。

しかし、まさか彼が異動してくるとは想像もしていなくて、まだ衝撃から抜け出せないでいる。

「遠野さんとは以前一緒に働いていまして」

唐突に彼が私の名を出すので、目が泳ぐ。

「優秀な方だと知っております。またよろしく」

「は、はい。よろしくお願いします」

優秀だなんて。一緒に何度もヘリに搭乗したが、彼は操縦のうまさはもちろんのこと、判断力がズバ抜けていた。ヘリの飛行は一歩間違えば大事故につながるので、とっさの判断はとても大切なのだ。

私には到底届かないレベルだったので、完全なるお世辞だろう。それに私はヘリを降りてしまったので、過去の話は関係ない。

「それじゃあ、わからないことは遠野に聞いて。遠野から今日の予定を」

「はい。今日は一部のランデブーポイントに使用制限があります」

ランデブーポイントは、あらかじめ各地に設定されているヘリが離着陸できる場外離着陸場のことだ。その場所以外でも必要かつ安全が確認できれば降りるのだが、基本は要請された現場から近いランデブーポイントを選択する。

その制限について話し終えると、次は篤人さんの番だ。

「本日は終日晴れの予報です。ただ、午後になると南東の風が強まりそうなので注意が必要です。この地域は、普段も風が強いようですね。安全運航を心がけます」

すでに天気図をチェックしてあった彼は、はきはきと語る。

私も天気図を読み、ヘリの運航が可能かどうかを判断する。しかし、最終的に飛行の責任を負うのはパイロット。私はパイロットが正しい判断ができるよう情報収集を全力で行うのが仕事だ。ただし、天候が不安定なときは意見が衝突することもある。

ドクターは傷病者を救うが、私たちはドクターやナースの安全を確保するのが重要な任務となるので、妥協は許されない。

ブリーフィングはほどなくして終わり、私たちは業務を開始した。

篤人さんが声をかけてくるのではないかと緊張していたけれど、彼は整備士となにやら話している。

臨海総合医療センターが使用しているのは、ＥＣ１３５という世界で最も多く飛んでいる医療用ヘリコプターだ。

篤人さんの前の勤務地も同じはずなので、操縦に手こずることはないだろう。

天気図を改めて確認していると、足音が近づいてくる。それが誰なのか振り向かなくてもわかるなんて、相当彼が好きだったんだなと思わされた。

しかし、篤人さんが話しかけてくる前に、ドクターヘリ要請のホットラインが鳴った。その瞬間、篤人さんは方向を変えて運航管理室を駆《か》け出ていく。

「臨海総合医療センターです」

『横芝光町《よこしばひかりまち》へのヘリ出動要請です』

「ドクターヘリ、エンジンスタート」

要請があった時点で、天候などに問題がなければすぐにエンジンスタートの指示を出す。

ドクターヘリチームの人たちは無線を所持していて、それに伝わる仕組みになっている。チームの中でもパイロットは、一秒でも早くエンジンをスタートするために一番に駆けていくのだ。

どこに着陸するのか、傷病者がどんな状態なのかは、離陸してからの確認になることも多い。

その後、消防と私、そして綾瀬先生を交えた通信になり、綾瀬先生に現時点でわかっている傷病者の状態が伝えられる。

その間にヘリは飛び立った。

ここまで三分弱。本当にあっという間だ。

現場の山武郡《さんぶぐん》横芝光町までは、ヘリで十五分圏内だ。私はすぐさまランデブーポイントの選定に入り、消防と調整した。

「上空の天候はいかがですか？」

様々な調整をしつつ、同乗しているヘリの整備士と通信もする。

『視界良好。風も強くありません。最短距離で飛べます』

「了解」

このあたりを初めて飛ぶだろう篤人さんだが、まったく不安そうな顔はしていなかった。

天候に恵まれたのに加えて、おそらく彼のことだから、飛行する可能性のある地域について念入りに調べてあるに違いない。

ゴルフのプレー中に倒れたその患者は、ランデブーポイントの救急車内で綾瀬先生が応急処置をして、現場から少し離れた救命救急センターのある病院に運び、業務は終了した。

ゴールデンウィークに突入したばかりの今日は交通事故での搬送が重なり、篤人さんとふたりきりになる時間すらない状態だった。

ドクターヘリは、日没の三十分前に業務終了となる。そのため今日は、十七時五十二分を過ぎた時点で、仕事が終わった。

その後、デブリーフィングという締めのミーティングがあり、そこで今日の振り返りをする。

今日のリーダー的な役割を果たした綾瀬先生が話し始めた。

「井川、対応は間違っていない。ただ、おどおどしていると患者を不安にさせるぞ。俺たちが必ずカバーするから、その点気をつけて」

「すみません」

私よりひとつ年下の井川さんはここでは新人だが、病棟や救命救急を経験してきた優秀なナースだ。その彼女も、現場での緊張感で少々参っている。

綾瀬先生がちらりと私に視線を送ってくるのは、〝フォローよろしく〟という意味だろう。

井川さんとは、綾瀬先生の指示で声をかけたのをきっかけに仲良くなり、たびたび食事に出かける仲なのだ。

わかりましたという意味で軽くうなずくと、篤人さんがこちらをじっと見ているのに気づいた。でも、その視線になんの意味があるのかさっぱりわからない。

「小日向は、初めての勤務どうだった？」

朝は〝さん〟付けで呼んでいたのに呼び捨てに変わっている。同じ歳であり同じように仕事にストイックな彼らは、早速意気投合したのかもしれない。

「今日は天候が安定していて運がよかった。担当地区の地形や独特の天候は、経験を積んでいくしかないけど、ＣＳが優秀だから大丈夫だと思ってる」

突然私について触れられて、ドキッとする。

「だなぁ。遠野は、医局長相手でも絶対に折れないからな。そういう姿勢だからこそ信頼できるんだけど」

綾瀬先生は、以前、飛ぶ飛ばないの判断について私が救命救急科の医局長とやり合ったことを示唆《しさ》している。

そのとき、病院の周辺は比較的穏やかな天候だったので医局長は飛ばせと言ってきたが、ところにより台風並みの突風が予想されたため、『ヘリの運航に関しては私たちに従っていただきます』と断ったのだ。

無論、医局長は傷病者を救いたい一心だった。でも私には、ドクターやナースの命を守るという使命がある。

あの一件以来、医局長に目をつけられたと思っていたのにそうでもなく、〝鉄壁のガード〟といじられているくらいだ。

とにかくこの病院の救命救急科は、ひとつでも多くの命を救うという使命に燃える熱い人ばかりなのだ。

篤人さんもそう。だからきっとうまくやっていける。

とはいえ、別れた婚約者が同じ職場にいるというのは、かなり気まずい。

しかも別れた理由が理由なだけに、できればもう会いたくなかった。彼の存在を記憶から消し去りたいのに、いつまで経《た》ってもできなくてもがいている私に、新たな記憶を植え付けるなんて、ある意味残酷だ。

「俺も相手の立場の違いで対応を変えるのは、ドクターヘリではご法度《はっと》だと思ってる」

篤人さんがきっぱりと言った。

ほかのCSから聞いた話では、篤人さんはとある大物政治家の搬送を断ったのだそうだ。近隣の病院で十分対応可能だったのに、豪華な個室がある、お金持ち御用達《ごようたし》の病院に運べとごねられて、消防もドクターも一旦は折れたらしいが、彼が頑としてヘリを飛ばさなかったとか。

その話を聞いて、実に彼らしいと思ったし、改めて人間としてかっこいいと感じた。……なんて、未練たらたらで自分でも笑える。

「遠野、疲れてる？」

「えっ？　いえ、大丈夫です」

昔のことを考えていたら、綾瀬先生に指摘されてしまった。

デブリーフィングが終わったあと、井川さんに近寄っていき話しかける。

「お疲れさま。今日も大変だったね」

「また綾瀬先生に叱られちゃった……」

やはり気にしているようだ。

「綾瀬先生は、期待してない人にはなにも言わないし、ヘリに乗せないと思うよ。現場にナースはひとりしかいないんだから、緊張してあたり前」

ドクターヘリに乗れるのは、パイロットと整備士が一名ずつ、ほかにドクターとナースで三名の、計五名だ。

通常はドクターがふたり乗り込むため、研修中でもない限りナースは常にひとりで対応しなければならない。しかも、ナースは傷病者の治療にかかわるだけでなく、身元についての情報収集をしたり、家族がいればその人たちの心理状態を把握して不安を取り除いたり、ほかにも傷病者の私物の管理まで、ありとあらゆる役割がある。

完璧にこなさなければと気負う彼女の顔が険しくなるのは、理解できるのだ。

「私も初めてヘリにお客さまを乗せた日は、空にいる間の記憶がまったくなかったもん」

そういえば、私の初フライトは、篤人さんが副操縦士として乗務してくれた。もちろん、私のサポートのためだ。

地上に降りてお客さまを見送ったあと、緊張がほどけて涙を流した私の頭をぐしゃぐしゃにして、『上出来だ』と褒めてくれたっけ。

ああ、ダメだ。篤人さんが現れてから、彼との思い出ばかりがあふれてくる。

「そっか……。経験を積むしかないよね。遠野さん、ありがとう。それなりに自信を持ってここに来たのに、できないことが多くて焦ってるのかも」

フライトナースに要求されるレベルは、ほかの診療科とは比べ物にならないほど高い。なにせ、どんな患者が待っているのかわからないのに、あらゆる準備を即座に整え、満足な検査機器があるわけでもない場所で、イレギュラーな事態にも臨機応変に対応しなければならないのだから。

「そもそもフライトナースは、優秀な人しか抜擢されないんだよ。ここのスタッフは、井川さんの能力をちゃんと認めてる。安西《あんざい》先生も『成長したな』って話してたよ」

安西先生は綾瀬先生の後輩で、優秀なフライトドクターだ。少し前に準備に走り回る彼女を見て、そう漏らしたのを思い出した。

「ほんと？　遠野さんと話せてよかった。元気出た」

「うん。またご飯行こう」

「楽しみにしてる。お疲れさまでした」

井川さんはなんとか気持ちを立て直して、帰っていった。

彼女にはあんなふうに言ったけれど、私も日々反省することだらけだ。ランデブーポイントの選択や消防とのやり取りなど、一秒を争う現場にいる人たちをサポートする責任は重い。

「相変わらず、優しいんだな」

会社から支給されている濃紺のジャンパーを脱いで帰り支度を始めると、背後から篤人さんの声が聞こえてきて動けなくなった。

百五十八センチの私より頭ひとつぶん背が高い彼は、スタスタと足を進めて私の隣に来ると、腰をかがめて顔を覗《のぞ》き込んでくる。もう着替えを済ませている彼は、白いシャツにブラックジーンズという、シンプルでさわやかな装いだった。

「相変わらずきれいだし」

「な、なにをおっしゃってるんですか」

「敬語なんだ」

敬語を使うことで距離を取ろうとしたのに、指摘されてしまった。

「職場ですから」

そもそも彼は先輩なのだし。

「それもそうだな。もう帰れる？」

「えっ？　……はい」

「それじゃあ行くか」

「ちょ、ちょっ……」

彼があたり前の顔で私の手を引いて歩きだすので、振りほどく。

「なにしてるんですか」

「なにって、手をつないだだけだけど」

私はいっぱいいっぱいなのに、あの頃みたいに平然と手をつなげる彼が信じられなかった。

「私たちはもう終わったんです」

業務命令なのだから異動は仕方がない。でも、プライベートは別。もうかかわるつもりはないのに。

「そうだな、一旦は終わった」

一旦とは、どういう意味？

彼の言葉に、動揺が走る。

「……失礼します」

私は彼を振り切って、病院から駆け出した。

私が頑なだったから別れを承諾したけれど、気持ちはまだ途切れていないとでも言いたいのだろうか。

そんなのありえない。だって、別れてもう二年も経ったんだよ？

彼がどういうつもりなのか、さっぱりわからなかった。

別れたいと言い出したのは私だ。ほかに好きな人ができたからという最低な理由だった。

本当はそんな相手はいないし、今でもこうして少し触れられるだけで、全身が火照りだすほど彼のことが好き。

とある理由で、好きだからこそ別れなければと思い、それなら徹底的に嫌われようと思いついたのが、〝浮気〟だったのだ。

ほかの男性の影をちらつかせても、篤人さんは『真白はそんな女じゃない。俺から離れたい本当の理由を言え』と、その存在を疑っていた。

世界で一番好きな人から信じてもらえるのがうれしくてたまらなかったのに、『仕事で家を空けてばかりだから、寂しかったの』という、これまた必死に働く彼に対してとんでもなく失礼な言葉を、心を鬼にして口にしたのだ。

そんな最低の私に、意味ありげな言葉をささやくなんて、正気じゃない。

ああ、そうか。これはもしかして私への復讐《ふくしゅう》？　私をその気にさせておいて……今度はこっぴどく捨てるとか？

ふとそんな考えが頭をよぎったけれど、篤人さんはそんな人ではない。曲がったことが嫌いで、常に私に正直にぶつかってきてくれる人だった。

もし、そんな彼の性格を私の言動が変えてしまったのだとしたら、申し訳なさすぎる。

とはいえ、あのときは嘘《うそ》をつくので精いっぱいだった。

一歩外に出ると空にはもう星が瞬いており、上弦の月があたりを照らしている。

同棲していた頃は、ドクターヘリ乗務のため一年の半分近くをホテルで暮らす彼と、同じ月を見上げながらよく電話で話した。

何度『今すぐ帰ってきて。抱きしめて』と叫びたかったか。でももちろん、彼の仕事を応援していたので、ぐっと呑《の》み込んだ。

寂しかったのは本音だけれど、ほかの男性なんて視界に入らないほど、篤人さんだけを愛していた。

「好きなの。だから、もう近づかないで」

月に向かってつぶやくと、頬に涙が伝っていった。

ひとしきり泣いた翌日は、気持ちを切り替えて出勤した。

私たちドクターヘリチームは、それぞれ誰かの命を預かっている。なにか失敗をしたときに〝心が乱れていたから仕方がなかった〟では済まされないのだ。

幸い、篤人さんは近づいてこず、ふたりきりになることもなかった。

十一時近くになり、重度熱傷の患者をとある病院から東京の対応が可能な病院へと運んだヘリチームが戻ってきた。

「小日向さん、東京はさすが詳しいですね」

私と同じ歳の整備士が、運航管理室とは廊下を挟んだ休憩室で、篤人さんと話している。

「東京上空はよく飛んだからな。早くドクターヘリに乗りたくて、仕事の選り好みはしなかったんだ」

ドクターヘリパイロットになるためには、機長としての経験が一千時間必要だ。それにはさらに細かな条件があり、搭乗予定のドクターヘリと同じ型式のヘリでの五百時間の飛行も必須になっている。

よほど志が強くタフでないと、ドクターヘリには簡単に乗れないのだ。

「遠野さんもパイロットだったと小耳に挟みましたけど……」

私の名が出たので、篤人さんがなにを話すのかと心中穏やかではない。ドキドキしつつ、耳を傾けていた。

「そう。最初は緊張でガチガチだったけど、すごいガッツがあるんだよ。ヘリはひとつ操作や判断を間違ったら、あっという間に墜落してしまう。山に遭難者救助に行くときなんて、まさに命がけだし」

「そうですよね」

そういえば一度、篤人さんと一緒に救助に向かったことがあった。天候は大荒れで、山のふもとで風が収まるのを待ってわずかな時間に飛んだのだけど、あれほど生きた心地がしなかった飛行は初めてだった。

送電線や木々に注意を払いつつギリギリまで下降し、ホバリング——空中で停止飛行しながら要救助者をワイヤーで吊り上げる。この作業はパイロット泣かせとも言われるほど難しい。

ホバリングはその場に停止させていればいいと勘違いされるが、正面から風が吹いてくれば、後方に流される分進まなければならない。左右からの風も同じ。これが正しく行えないと、吊り上げる要救助者を振り子のように振り回すことになるのだ。しかも、風に流されたことに気づいてからでは遅く、流される前にそれを見越して操縦する必要がある。

視界の悪い中、それを難なくやってみせた篤人さんを、神さまだと思った記憶がある。

「一緒に救助に行ったあと遠野が真っ青な顔してたから、もう二度と乗りたくないと言うと思ったら、『もっと訓練を積みます。小日向さんのように、誰かを救えるようになってみせます』と、決意表明したんだ。遠野はそうやって、できることをコツコツ積み上げる秀才タイプだった」

篤人さんがそんなふうに私を評価してくれているとは知らなかった。仕事の悩みを打ち明けるといつも真摯《しんし》に耳を傾けてくれたし、アドバイスもくれた。『頑張れよ』とは何度も言われたが、初めてお客さまを運んだフライト以外では、褒められた記憶なんてほとんどないのに。

「そうだったんですね。そんな人が、なんでCSやってるんだろ。職をまたいでの異動ってあまり聞かないですよね」

「彼女のことだから、事情があるんだと思う。だけど……」

篤人さんの声のトーンが下がったので、胸がざわつく。

「俺は無力だな」

なにが言いたいのだろう。私がヘリを降りた詳しい事情は、会社の一部の人しか知らないし、絶対に漏らさないでほしいと伝えてある。両親にすら、その理由を打ち明けてはいないのだ。

浮気をしたと身勝手に別れを迫ったひどい女を心配するような発言に驚く。

「どういう意味でしょう」

私たちが元恋人だと知らない整備士は、不思議に思っているようだ。しかし、篤人さんはなにも語らなかった。

その日のラストのフライトは、日没との闘いになった。

ドクターヘリの運航は、日没の三十分前で終了だ。離陸したらその時間内に戻ってこられないことが明らかな場合は、要請を断ることになっている。ただし出動後、現場での処置に予想以上に時間がかかった場合のみ、特例で日没までのフライトを許可する。今日もそのケースだ。

とはいえ、臨海総合は照明の設備を持たず、日没後の着陸は法律的にも不可能なため、日が落ちる前にヘリを病院のヘリポートに戻さなければならない。

「遠野です。処置にあとどれくらいかかりそうですか？」

私はランデブーポイントで合流した救急車内で処置を続けるドクターに無線で問いかけた。現場から病院まで十三分かかるが、日没まであと二十三分しかないのだ。

『五分くれ』

ドクターも日が沈むと飛べなくなることは当然知っている。焦らせたくはないが、日没の十三分前までに離陸できないとなると、先にヘリだけ戻して、患者は救急車で搬送せざるを得ない。

「了解しました」

『遠野。俺が必ず間に合わせる』

無線に入ってきたのは、篤人さんだ。

「安全が確保できないフライトは許可できません」

ドクターヘリの最大速度は二百五十キロほど。とはいえ、実際にずっとこの速度で飛べるわけではない。二百キロ前後での飛行が普通だ。

篤人さんは速度を上げて対処するつもりなのだろうけれど、搬送する患者に負担がかかってもまずいし、無理な運航は安全を保障できない。

万が一日没に間に合わなかったとしても、篤人さんは夜間飛行も数えきれないほど経験している。難なくこなすだろう。けれど、できるからといって許可は出せない。

『そうだな、すまん』

篤人さんはあっさり引いた。本当は私だってもう少し待ちたいと思っていると、彼はわかっているに違いない。

私はヘリに患者を乗せられない想定もして、消防と交渉を始めた。ヘリで戻れるならこの病院で受け入れる予定だったが、救急車なら別の病院のほうが近いからだ。

日没まであと十八分。

「近隣の病院の受け入れ態勢は整いました。ヘリでも救急車でも、どちらでも搬送可能です」

『サンキュ』

ドクターの返事に、間に合って！と祈りながら、処置が終わるのを待つ。

『よし、終わった。運ぶぞ』

直後、そんな声が届いてようやくまともに息が吸える。急いでヘリに運べば間に合いそうだ。

『患者を収容しました』

整備士から無線が入り、安堵《あんど》の胸を撫《な》で下ろす。

『エンジンスタートします』

篤人さんの力強い声が聞こえてきて、あとは任せれば大丈夫だと思えた。

無事に患者を乗せて離陸したものの、これで終わりではない。天気図の表示された
モニターを確認して、天候の状況などを伝える。

「南東の風、二メートル。飛行に問題はありません」

飛行中の無線の相手は整備士だ。

『了解しました。病院到着予定時刻は、十七時五十二分です』

日没の一分前という、本当にギリギリになったが、篤人さんなら間違いない。

私……こんなに彼のことを信頼しているんだ。

改めて、篤人さんの存在の大きさを感じる。

私は消防と搬送予定だった病院に連絡を取り、搬送のキャンセルと協力のお礼を伝

えた。

「お疲れ」

デブリーフィンクが終わり、運航管理室で今日の日誌を打ち込んでいると、篤人さんが入ってきた。

「お疲れさまです」

慌てて立ち上がり、頭を下げる。

「日誌書いてたのか？」

「はい」

ふたりきりは気まずいけれど、これは仕事だ。

彼は近づいてきて、パソコンのモニターに視線を送る。そしてしばしの沈黙のあと、再び口を開いた。

「まさか、真白に叱られるとはな」

真白と呼ばれただけで、心臓が跳ねる。

「……遠野でお願いします」

彼の口から自分の名前が出るだけでうれしいのに、拒否しなければならないのがつらい。

「職場だったな」

そうじゃなくて、もう他人だからなのに。

「叱ったなんてとんでもないです。小日向さんなら、時間内に離陸できれば大丈夫だという安心感がありました」

正直な気持ちを吐露《とろ》すると、彼はうれしそうに目を細めた。

別れた頃より、少し短くなった髪。そして心なしか少々シャープになった顎《あご》。

間近で彼を見られる日が来るとは思わなかった。

「遠野が信じてくれるなら、飛ぶだけだ」

彼はそう言いながら、隣の席に座った。だから私もイスに腰を下ろす。

こうして並んで座ったのはいつ以来だろう。腕が触れそうな距離に、鼓動が勢いを増していく。

「……どうかされましたか？」

仕事が終わったなら帰宅すればいいのに。

「遠野、明日休みって聞いたけど」

「はい。明日と明後日はお休みです」

二日間は別の病院を掛け持ちしているCSが来てくれる。

「俺も休暇もらったんだよね。実は引っ越しがまだで、ホテル暮らししてて」

「そうでしたか」

「それで、家探し手伝ってくれない？」

いきなりのお願いに、目を丸くする。

「いえ。それはちょっと」

「ほかに頼めるやついないんだよ。まだこのあたりのこともよく理解してないし。ほら、病院に通勤するのに渋滞するから避けたほうがいい場所とか、そういうの重要だろ？」

たしかにこの病院周辺は、通勤時の渋滞が激しい。

「遠野はどこに住んでるの？」

「私は病院前の駅から二駅行った――」

思わず家を明かしそうになり、途中で口をつぐんだ。

「電車か。それもいいな」

「不動産屋さんに行けば、教えてくれますよ」

「不動産屋は、契約してほしい部屋をごり押ししてくるから信用ならない」

なんとか断ろうとするも、あきらめてくれない。

「でも……」

「ああ、気にしてるんだ。婚約してたってこと」

「ち、違います」

ずばり指摘されて、動揺のあまりむきになって言い返してしまった。

「それじゃあいいよな」

「えっ？　困りま――」

「決まり。十時くらいに迎えに行くから。準備しておいて。待ち合わせはどこにする？　遠野のマンションまで行ってもいいけど」

私の意見は却下して強引に話を進める彼は、スマホを取り出して地図を表示する。

「ですから……」

「俺は一切気にならないぞ。別れた彼女だってこと」

過剰に意識していると思われるのも嫌で、私は渋々家探しを手伝うことにした。

部屋探しは即決で　Ｓｉｄｅ篤人

久しぶりに会った真白は、以前にも増してきれいになっていた。それが、浮気相手のおかげだとしたら悔しいどころの騒ぎではないけれど、おそらく彼女は浮気などしていないと踏んでいる。

同棲早々、ドクターヘリの乗務のためホテル暮らしになってしまい、申し訳ない気持ちでいっぱいだったものの、夢を叶えた俺を快く送り出してくれた彼女に甘えてしまった。

ドクターヘリ専属になり、東京近郊の病院に移ることを目標に必死に働いていたが、待っていたのは最愛の彼女との別れ。

彼女とは交際当初から結婚を意識していて、山梨《やまなし》の実家や、東京に住んでいる姉夫婦のところにもよく連れていっており、俺の家族とも良好な関係を築いていた。

姉夫婦の息子をまるで自分の子のようにかわいがる真白との未来を期待した俺は、指輪を用意してプロポーズした。そうしたら涙を流してうなずいてくれて、子供はふたり欲しいだとか、子育ての環境がいい場所に引っ越そうだとか、前向きで具体的な話が出ていたのだ。それが別れを切り出されるつい三カ月ほど前の出来事で、結婚式場の下見にも行きドレスも選んでいたくらいなので、浮気をしていたという話はとても信じられなかった。

寂しかったと言われて、こんなことならドクターヘリをあきらめればよかったと後悔もしたが、そうしたら彼女が一番怒ったのではないだろうか。そのくらい、俺の仕事にかける情熱を理解してくれていると思っていた。

だからこそひたむきに仕事に励み、一方で一緒にいられる時間は全力で愛を注ぎ、離れている間もできるだけ連絡を取っていた。それで愛が冷めることはないという俺の考えが甘かったと、随分落ち込みもした。

苦しそうな顔で浮気を告白し、別れてくれと迫られたときは頭が真っ白になり、ほかに男がいるなんてと怒りを爆発させた。けれど、別れる気なんてまったくなかった俺は、その浮気相手を連れてこいと言って時間を稼いだ。

その間に少しずつ冷静になってきて、浮気というのは嘘ではないかと思い始めた。

それは、捨てられる男の精いっぱいの虚勢だったのかもしれない。

しかし、彼女の同僚にそれとなく話を聞いても男の影などまったくなく、それどころか、仕事を終えたら飲み会の誘いにも応じず、『篤人さんと電話するから』とうれしそうに帰宅していったという。

その電話の相手が俺ではない男だったのかとも考えたが、彼女とはほとんど毎日ビデオ通話していたのだから、浮気をする暇なんてなかったはずだ。

その同僚が、気になることを口にした。

『最近、まったく笑わなくなって心配してるんです。どうかしたんですか？』

それを聞いたとき、俺は自分の夢ばかり追いかけていて、真白の悩みに気づいてやれていないのではないかと、深く反省した。

それから何度も話し合いを続けたが、彼女は自分の悩みについて打ち明けることはなかった。『浮気は嘘だろ？　本当の理由を話してくれ』とどれだけ迫っても、真白は『ごめんなさい』と言うばかり。

とうとう婚約の解消を受け入れたのは、彼女が見ていられないほど憔悴《しょうすい》してしまったからだ。食べ物も喉を通らなくなり、ふとした瞬間に涙をこぼしている姿を見て、精神的にギリギリのところまで追い詰められているのだと感じた。

なんとか彼女を支えたいと思うのは自己満足なのかもしれないと思った俺は、真白が幸せになれるならという条件をつけて、別れることにした。

あれから約二年。

真白がヘリを降りたと聞いたときは、言葉が出ないほど驚いたし、信じられなかった。あんなに情熱を傾けて学び、積極的に手を挙げて乗務していたのに。

俺は仕事中、後輩に厳しく指導するほうだと自分でも思っているが、真白は食らいついてくるガッツのあるパイロットだった。

千葉に移った彼女が、希望してドクターヘリ業務にかかわると聞いて、やはり俺のことを応援してくれていたのではないかと感じた。そうでなければ、破局の原因になるほど寂しい思いをした仕事にかかわりたいなんて普通は考えないだろう。

しかもほかの男と付き合っているという話は聞こえてこず、やはりあの別れにはなにか深い訳があったのではないかと、ずっと思っている。

久々に会った真白は、以前のような元気を取り戻していた。

その姿を見て、彼女の手を離したのは間違っていなかったのかもしれないと思ったけれど、別れてから一日たりとも忘れたことがない彼女に触れて、感情が爆発しそうになった。

もう一度、始めたい。真白と一緒に生きていきたいと。

勤務初日から意気投合したドクターの綾瀬に、それとなく真白について聞いてみたが、すこぶる真面目に働いていて、浮いた噂《うわさ》は聞いたことがないという。

やはり浮気というのは嘘だったのだろうと思ったのと同時に、彼女が別れを望んだ理由が気になって仕方がなかった。

仕事中はゆっくり話す時間などなく、終わったあと強引に彼女を捕まえたが『私たちはもう終わったんです』と突き放されて、正直胸が痛かった。その通りではあるけれど、未練でいっぱいの俺には拳をみぞおちに叩き込まれたくらいの衝撃だったのだ。

別れたあとは、彼女を忘れる努力もした。積極的に飲み会に顔を出したり、友人の友人を紹介してもらったりしたものの、改めて真白でないと、という気持ちが強くなるありさまで、結局彼女のことばかり考えていた。

それなのに、少し拒否されたくらいであきらめられないと、家探しを口実に彼女を誘った。

「お疲れさまです」

彼女の住まいの近くの駅で、約束の十時の十五分前から待っていると、真白はすぐに姿を現した。

アイボリーホワイトのカットソーに、キャメルベージュのロングスカート姿の彼女は、勤務中の凛々《りり》しい姿とは異なり、ほんわかしたかわいらしい雰囲気を醸し出している。

ひときわ目が大きく鼻筋が通った美人なので、パイロットとして勤務していた頃も真白を狙う男が多数いたのは知っていた。ところが本人はヘリの操縦に夢中で、まったく気づかないという、少し天然なところもあるのだ。

そんな彼女に、少々こわばった顔で他人行儀なあいさつをされて残念だった。けれど、今は他人なので仕方がない。

同棲していた頃、静岡から帰宅すると『おかえりなさい』と満面の笑みを浮かべて胸に飛び込んできたことを思い出す。

振られた原因を探り、よくなかったことは改めて、もう一度あの時間を取り戻したい。

しかし、考えれば考えるほど、真白が別れを望んだ理由がわからないのだ。

浮気の影はまったくなく、俺に気に食わないところがあったのであれば、それをぶちまければよかったのにそれもせず。唯一寂しかったという気持ちだけは本当だと思っているが、そうであればいきなり婚約の解消を選択せずとも、転勤を含めていろいろ手を考えられたはず。

そう思ってしまうのは、彼女との関係がどう考えても良好だったからだ。

小さな衝突はあれどすぐに仲直りしたし、俺が東京にいる間は、真白もそばにいたがった。そんな彼女がかわいくてたまらず、できる限りふたりで出かけたし、たくさん会話を交わして、笑い声の絶えない空間を作れていたように思うのだ。

もちろん、真白がどう感じていたかはわからないので、ひとりよがりの可能性もあるが。

ただ、そうした生活が嫌だったのであれば、別れの理由として口にするものではないだろうか。

「お疲れ。って、仕事じゃないから、おはよ」

笑顔で言うと、彼女は気まずそうに視線を地面に落として「おはようございます」とあいさつをしてくれた。

必死に俺との間に線を引きたがっているように感じるのは、気のせいだろうか。別れた恋人だから気まずいのは理解できるが、同僚として会話をすることすら避けられているような……。

まあ、うまく割りきれず俺と無難にかかわれない正直すぎる彼女が、嫌いではないのだけれど。

「近くの駐車場に車を駐《と》めてきたんだけど、すぐそこに不動産屋があるから、まずはそこに行ってみようか」

「えっ、このあたりで探すんですか？」

「近くて便利だろ？」

病院にではなく、真白の家に。

「そう、ですけど」

戸惑う彼女の手を強引に握ったものの、解かれることはなくてうれしい。彼女と付き合い始めてから、いつも触れていたくて、こうしてよく手をつないでいたのを思い出した。

徒歩三分ほどの場所にある不動産屋に飛び込むと、すぐに席に案内されて、物件の条件について尋ねられる。

「臨海総合医療センターに電車か車でのアクセスがいい場所で、築年数は浅いところが希望です。キッチンは広めのほうがいい？」

真白に尋ねると、彼女は目を丸くして驚いている。

「わ、私の意見は……」

今は関係ないが、また彼女が料理を作る姿をそばで見たい。

「奥さまのご意見は重要ですよ」

営業マンにそう言われた真白は、首を横に振っている。

「奥さまでは……」

「失礼しました。ご結婚はこれからなんですね」

こうしてふたりで部屋探しに来ているのだから、間違えるのも無理はない。俺としては勘違いしてくれたほうが好都合だ。

ややこしい説明をするのが嫌だったのだろう。真白は〝婚約中の彼女〟という設定を受け入れたようで、それ以上なにも言わなかった。

「マンションを購入しようかとも考えていろいろ見ていたのですが、いまいちいいところがなくて」

建設中のタワーマンションはあったが、完成は来年らしい。それまでは賃貸でと思っている。

「そうですね。すぐに新築を購入となると、少々不便なところになってしまいますね。そういえば、持ち主の方が海外転勤になってしまって、期間限定で貸し出される築八年の物件があるのですが……」

営業マンはタブレットにそのマンションの見取り図を表示した。

「お部屋は、とてもきれいな状態です。築浅ですし、クリーニングはもちろん入っています。なんといっても、駅から徒歩二分。入居時は抽選になるほどの人気物件でした。一階から六階までは賃貸、七階から三十二階までは分譲で、ここは賃貸の階も空きが出たらすぐに埋まるんですよ」

半分営業トークだと思いつつも聞いていると、真白が見取り図を見つめてなぜか顔をこわばらせている。

「どうかした？」

「いえ」

不思議に思いつつもそのまま話を続ける。

「今回ご紹介できるのは、分譲部分、三十階の３ＬＤＫです。リビングは二十五畳ほどあって広々としています。家賃は周辺より少々高めですが、そもそも分譲がメインで作られた物件ですので、管理もしっかりしていますし、かなりお薦めですよ」

「ここではないほうが……」

黙っていた真白が、突然口を挟んだ。

部屋を見てもいないのに問答無用で反対のようだが、どうしてだろう。

「うーん。とりあえず候補にして、別の物件も見せてください」

それから三つ紹介されたが、広さや築年数などを鑑《かんが》みても、どれも最初の物件には敵わない。

候補をふたつに絞り、実際に見に行くことにした。

一番気に入った分譲の物件は、徒歩ですぐ。エントランスから立派で、掃除も行き届いている。

「こちらはセキュリティもしっかりしていますので、婚約者さんも安心かと」

営業マンの説明も上の空のように見える真白は、なぜか落ち着きがなく、放心したままスタスタと先に歩いていく。そして案内されずともエレベーターへと向かっていることに気づいて、ピンときた。

「そういうことか」

「なにかおっしゃいましたか？」

営業マンに声を拾われて「なにも」と答えたが、俺はこの物件に決めた。

紹介された部屋は南向きで、ウォークインクローゼットや広い湯船の備わったバスルームなど、賃貸ではなかなかお目にかかれないような好物件。

しかも病院へのアクセスは電車で六分と抜群によく、これ以上の物件が見つかるとはどうしても思えなかった。

「こちら、いかがでしょう？　おそらくすぐに埋まってしまいますので、即決されるのであれば管理会社に電話を入れて押さえますが」

「押さえてください」

「えっ？」

即答すると、真白が大きな目を見開いて驚いている。

「こんないい物件、なかなかないぞ」

「でも、もうひとつも見に行ってみないと……」

真白が抵抗してくるが、もしこの部屋が少々気に入らなくても契約するつもりだった。

「正直申しまして、次の部屋に行かれてもこちらを選ばれると思いますよ。家賃が一万円ほど高くなりますが、それ以上の価値があります。私もここに住みたいくらいでして」

営業マンもあと押しする。セールストークには乗りたくないが、今日ばかりは助かった。

「なんでそんなに反対するの？」

その答えがわかっているのに、真白にわざと尋ねる。

「それは……。なんでもないです」

今は婚約者の振りをしているけれど、そもそも俺の部屋なのだから、問題ないはずだ。問題があるとすれば、ひとつだけだろう。

「やっぱり押さえてください」

「承知しました」

営業マンはその場で電話をかけ、部屋を押さえてくれた。

その後事務所に戻って手続きをする間、真白はずっと困った顔をしていた。

「今日は付き合ってくれてありがとう。おかげですごくいい物件が見つかったよ」

「私はなにも。私は必要なかったじゃないですか」

たしかに特にアドバイスをもらうことなく決めてしまったが、もともと会うための口実なのだし。

「お礼にランチをごちそうさせてくれ」

「いいです。帰ります」

「俺の気が済まないから。それに、おいしい店も教えてほしいな」

強引すぎるという自覚はある。

けれど離れてから、どうしてもっと彼女の胸の内を聞き出す努力をしなかったのかと後悔したのだ。同じ過ちは繰り返したくない。

「……それじゃあ、車を出してもらえますか？　井川さんとよく行くレストランがあるんです」

「もちろん」

お気に入りの場所を教えてくれるとあって、心が弾む。

彼女を駐車場に連れていくと、俺の車をまじまじと見ている。

白のランドクルーザーは、人気があってなかなか手に入らなかったもの。しかしどうしても欲しくて約二年納車待ちをし、ちょうど同棲を始めた頃に乗り換えたので、ふたりの思い出が詰まっている。

子供ができたら、これでキャンプや釣りに行きたいと語ったら、真白も賛成してくれた。俺も真白も子供が大好きなのだ。その夢が叶う前に別れてしまったが。

「きれいにしてるんですね」

「まあね。車いじりは趣味だから。乗って」

助手席のドアを開けて手を差し出すと、素直に握って乗り込んでくれた。付き合っていた頃は、これがあたり前だったなと少々しんみりもする。

駅前から車を走らせること約十分。到着したのは、緑に囲まれたおしゃれなカフェレストランだった。

「居心地がよさそうだ」

「はい。それにここ、玄米のご飯とか地元の野菜をたっぷり使った料理が出てくるんです。ひとり暮らしだと栄養が偏るでしょう？　たまにはこういうところで食事をしたほうがいいかなと思って」

それは、俺の食生活を心配してくれているのだろうか。だとしたら、とんでもなくうれしい。

「食生活はめちゃくちゃだからな」

「ちゃんと食べないとダメだって言ったじゃないですか」

叱られてうれしいと思う日が来るとは。やはり俺の体を心配して、ここに連れてきてくれたようだ。

静岡でホテル暮らしをしていた頃、食生活が乱れに乱れた俺を心配して、東京に帰ると、たっぷりの手料理でもてなしてくれた。

あの頃、ビデオ通話で食べた物を抜き打ちでチェックされ、『ずっと一緒にいたいから、ちゃんと野菜も食べてください』と言われて、どれだけ東京にすっ飛んで帰りたかったか。それから外食に行くと必ずサラダをつけるようにしていたものの、離れてからはまた適当になっていた。

「ちゃんとすれば、一緒にいてくれるの？」

さりげなく尋ねると、真白は目を見開いて固まっている。

「冗談だ」

本当は冗談なんかじゃない。それをクリアすれば真白がもう一度手に入るなら、自炊でもなんでもするのに。

俺がそう言うと、真白は不自然に視線を動かしながら店に入った。

ランチのメニューは日替わりで大人気なのだという。今日は豆腐とひじきのハンバーグにさつまいもと鶏肉《とり》の煮物、ほうれん草の胡麻《ごま》和え、具だくさんの味噌《みそ》汁に玄米ご飯だった。

「なるほどこれは、汚《けが》れた体が浄化される」

「汚れたって……」

真白がようやく白い歯を見せた。

「昨日はなに食べたんですか？」

「なんだっけ……」

「ごまかさない」

「すみません。カップ麺とコンビニのチキンです」

静岡時代を彷彿《ほうふつ》とさせる会話に、心が躍る。仕事中は完全に先輩と後輩の会話だったが、特に食生活については立場が逆転。叱られてばかりだった。

「操縦中に篤人さんになにかあったら、どうする……」

ハッとして口を押さえる彼女は、途中で話すのをやめてしまった。篤人さんと呼んでしまい、しまったと思っているのだろう。

「いいんだよ、職場じゃないから」

「いえ、小日向さん」

「真白」

あえて下の名で名前を呼ぶと、彼女はうつむいてしまった。

「真白に心配かけないように、自炊の努力をする。でも、教えてもらわないと無理かも。料理は、ヘリの操縦の何百倍も難しい」

俺の包丁の扱いは残念としか言いようがない。

「覚えてるだろ？　俺がジャガイモの皮をむこうとしたら……」

「皮の前に指を切ったんだ」

「そうそう。ジャガイモは無傷だった」

真白に笑顔が戻った。

あのときは、俺より真白のほうが真っ青な顔をして、丁寧すぎるくらいに治療してくれた。

「包丁での皮むきはあきらめてください。ピーラーがあるでしょ」

「もちろんあきらめる」

ああ、あの頃のテンポだ。毎日楽しくて、どれだけ会話を交わしても足りなかった。

それだけに、婚約解消を突き付けられたときの衝撃が大きかったのだ。

せっかくこんな時間を持てたのだから、今日は楽しみたい。

「ほうれん草なんて久しぶりに食べたな」

「まさか……」

「まさかだろうな」

真白と別れて以来、一度も食べた記憶がない。

正直に答えると、あきれている。

「まあでも、ひとりだと面倒ですよね」

彼女がしみじみと言う。

同棲していた頃、彼女はたくさんの料理をテーブルに並べてくれた。料理ができなすぎて、俺はもっぱら片付けの手伝いばかりだったけれど、それが負担だったのだろうか。

「ごめん。作らせてばかりだったよね」

「あっ、そういう意味じゃなくて。誰かのために作るのは楽しいんです。でも、ひとりだと、適当でいいやって思っちゃう」

よかった。嫌だったわけではないようだ。

「俺のためでも、楽しかった？」

思いきって尋ねると、彼女は味噌汁に伸ばしていた手を止めた。

「楽しかった、ですよ。操縦では全然敵わないけど、健康管理くらいはできるかなって」

真白は視線を落としたまま小声で語るが、その言葉がどれだけうれしいか。それならどうして別れを選んだのか聞きたくてたまらないが、こらえた。

もっと彼女の心を開いてからだ。そうでなければまた逃げられてしまう。

「そっか」

平常心を求められる仕事なだけに、なにに関してもわりと冷静でいられる。けれど、真白のことだけは別だ。彼女の言葉に一喜一憂してしまう。

「豆腐ハンバーグもうまいな。ハンバーグは無理だから、とりあえず冷奴から始めるか」

「はい。枝豆とチーズをのせてみてください。すごくおいしいから。オクラ、プラスだし醤油《じょうゆ》もいいかも。でも、オクラを切るのは無理か……」

「頑張る」

彼女と一緒に作れたらいいのに。

そんな思いがあふれてくるが、焦りは禁物だ。

優しい味のランチを楽しみ、店を出て再び車に乗り込む。

このまま連れ去りたい。

そんな衝動に駆られて、困ってしまう。

「コーヒーでも……」

「もうお腹いっぱいです」

なんとかもう少し一緒にいられないかと画策してみたものの、あっさり却下された。

「そうだな。それじゃあ送るよ」

今日はここまでだと、エンジンをかけた。

再び駅のほうへと向かったが、朝待ち合わせをした駅のロータリーは通り過ぎる。

「あのっ、駅はあそこです」

「うん、知ってる。マンションまで送る」

「はっ？」

「あのマンションに住んでるんだろ？」

俺が契約したマンションの賃貸部分に住んでいるのだろう。だからあんなに反対したのだ。

「なんでそれを……」

「バレバレだから」

そう言うと、彼女は、はーっと大きなため息をついて肩を落とした。

「わかってて契約したんですか？」

「明らかにもうひとつの物件よりよかったじゃないか」

「でも」

「真白は意識しすぎだって。俺は平気だから」

なんて、意識しているのは俺のほうだ。同じ建物に彼女がいると思うだけで、幸せなのだから。

「そう、ですけど」

もっと俺を意識してほしい。いや、俺しか見えなくさせてやる。

「来週の休みに引っ越し済ませるから。ということで、これからよろしく」

「はぁ……」

真白は複雑な表情で、曖昧《あいまい》な返事をした。

そのギャップが好きでした

篤人さんの部屋探しに付き合った私は、後悔した。

まさか、同じマンションに決めるとは予想外も予想外。彼はおそらく不自然に反対する私に気づいて、ここに住んでいると確信したのだろう。

それにしても、浮気をしたひどい元婚約者の顔なんて普通は見たくないだろうに、なぜ同じマンションを選んだのか、理解できない。

ただ、久しぶりに一緒にとった食事は、楽しかった。

井川さんとよく赴くカフェレストランは、ひとり暮らしで乱れ気味の食生活をリセットしてくれる。

篤人さんにしっかり食べないとお説教する私も、実はひとりになってからは適当に済ませることが多くて、少し反省した。健康管理は大切なのに。

篤人さんと一緒に暮らしていた頃は、彼が大きな口を開けてパクパクと食べ、『うまいなぁ』と目を細めてくれるのがうれしくて、料理を作るのも苦ではなかった。でも、自分だけのために調理に時間を割くのは張り合いがないのだ。

翌日も休みだったため、早速スーパーに行って野菜を買い込んできた。

このままでは、篤人さんに偉そうなことは言えない。

休日明けのその日、ブリーフィングの前に運航管理室で天気図をチェックしていると、眉間にしわが寄った。今日は天候が次第に荒れてきそうで、難しい運航になりそうなのだ。

そもそもヘリコプターは、計器を駆使して飛行する大型旅客機とは異なり、パイロットが地上の建物や河川等を目で確認して現在の位置を把握し飛行する、有視界飛行だ。それだけに、視界が確保できないときは、どんな凄腕パイロットでも安全運航できない。

ほかに、強風や砂塵《さじん》が舞うといった悪条件でも運航不可となるのだが、今日はその風に悩まされることとなった。

午前中の二度の出動要請は、なんとか飛ぶことができた。とはいえ、百戦錬磨の篤人さんも風に苦労したようで、戻ってくると「はぁー」と大きなため息をついている。

「お疲れさまです。上空の状態はいかがでしたか？」

今後の運航のためにも、彼に確認を取りに行く。

「遠野、昼休憩入った？」

「まだです」

「それじゃあ、食べながらどう？」

「わかりました」

いつ次の出動があるかわからないため、ランチは隙間時間に済まさなければならない。

私は運航管理室から長くは離れられないので、ブリーフィングを行うテーブルで、ふたりで食事をすることになった。

少し気まずいけれど、時間節約のためだと自分に言い聞かせる。

私が持参した弁当を広げると、対面の彼は、救命救急科でまとめて注文した出前の中華丼を持ってきた。

「弁当持ってきてるんだ」

「残り物を詰めただけですよ」

今日は里芋の煮物と、きんぴらごぼう、肉団子に、いろどりのために入れたブロッコリーのバター炒めだ。

「肉団子うまそ」

物欲しそうに眺められて口を滑らせてしまった。すると彼は、すごくうれしそうに微笑み、うなずく。

「どうぞ」

「サンキュ。今日は唐揚げに心奪われたんだけど、食生活が乱れてると叱られたから、中華丼にしたんだ」

少しは考えてくれたようだ。

彼は肉団子を口に放り込み、咀嚼《そしゃく》した。

「甘酢あんが最高だな。真白はご飯が進むおかずを作るのがうまいよね」

「遠野でお願いします」

部屋の外まで聞こえていないかひやひやしながら、小声で指摘する。

「ごめん、つい」

謝っているのに、どこか楽しそうだ。

「お礼に、これどうぞ」

篤人さんは中華丼のうずらのたまごをくれた。

「うずらは大事でしょ？　食べてください」

「食べます？」

「もう一個入ってたから、大丈夫」

彼はにこにこしながら、うずらを口に入れた。

ああ、こんなふうににこやかに食べる人だった。

別れを切り出してから、同じテーブルについても互いに難しい顔をしていたので、うまくいっていた頃のことを思い出して心が和む。

彼とまた一緒に食事を楽しめるようになったら……なんて、都合のいいことを考えてしまい、すぐに打ち消した。

「……上空の状態についてですが」

「そうだったな」

彼は仕事のスイッチが入ると、表情が引き締まる。

「さっきのフライトは、遠野の予想通り突風に悩まされた」

どんなベテランパイロットでも、風でヒヤリとする経験を持つという。それは自然現象の予測には限界があるからだ。

「急激な風向の変化も気になるな。今はまだ飛べそうだが、午後はさらに等圧線が狭くなる。飛べたとしても戻れなくなる可能性もあると考える必要があるだろうな」

「やはりそうですか」

私はモニターに表示された天気図に視線を送りながら答えた。

風の変化は本当に恐ろしい。突風にあおられるのはもちろんのこと、突然無風になっても、最悪失速して墜落という危険がある。

地上から送られてくるデータをもとに飛ぶ旅客機とは違い、ヘリはパイロットの経験が物を言う。とはいえ、いくら経験豊富な篤人さんでも、無理なものは無理なのだ。

「消防や近隣のドクターヘリ拠点とも連絡を取り、万全の態勢を整えます」

「頼んだ」

臨海総合医療センターが無理でも、茨城県《いばらきけん》の病院のヘリは飛べるということも多々ある。出動要請が重なったときなどは、ひとりでも多くの傷病者を救えるよう助け合っているので、情報共有は大切だ。ただし今日は、茨城も難しいかもしれない。

私はお弁当を放置してすぐさま調整に入った。次の出動要請がいつ来るかわからないからだ。

それを終えて再び食事に戻ろうとすると、中華丼を平らげた篤人さんがじっと私を見つめる。

「ごめん、先食べた」

「もちろん、どうぞ」

ホットラインが鳴れば、すぐに出動しなければならないので当然だ。席を外す前に『お先にどうぞ』と言っておくべきだったかもしれない。

「天気図のチェックは俺がしておく。たまにはゆっくり食べな」

「えっ？」

私の肩をトンと叩いた篤人さんは、いつも私が座るモニター前の席に移動した。

「俺も天気図読めるんだ」

「知ってますよ」

パイロットなら当然だし、毎朝チェックしているのも知っている。

「だけど、ドクターヘリに乗るようになって、判断が鈍るようになった」

彼は私に背を向け、天気図を見つめたまま言った。

「どうしてですか？」

「ドクターたちの必死な治療を毎日目の当たりにしてるからかな。着陸は難しいと感じても、ひとつ命が救えるかもしれないと思うと強行したくなるなんだ。でも、遠野みたいに止めてくれるCSがいるから、事故を起こさずに飛んでいられる」

彼のジレンマはよくわかる。私だって、要請にはすべて応えたい。けれど、少しでも危険があると判断したときは、心を鬼にして断らなければならない。

「遠野がパイロットを辞めたのはすごくもったいないし、どうして辞めたのか、正直今でもわからないんだけど……」

彼が濁すので、心臓が激しく鼓動し始める。その理由については、明かしたくないのだ。

「相変わらずストイックで、妥協を知らなくて……。それを頑固だと言う人もいるけど、そうじゃない。心が強くないとできないことだ。そういうところが変わってなくて、うれしかった」

「小日向さん……」

「これからも俺たちの命、預けたからな」

そんな言葉に、背筋が伸びる。

「はい。遠慮なく意見します」

「あはは。よろしく」

これからも、彼が安心して飛べるよう全力を尽くしたい。

正直、パイロットを辞めると決めたときは、この業界から去ることも頭をよぎった。でも、大好きな空の仕事をあきらめきれずにCSになって、間違いではなかった。私にもまだやれることがある。

やっぱり篤人さんは偉大だ。いつまで経っても雲の上の人で、追いつけない。

私がお弁当を食べ終わると、彼は「肉団子、本当にうまかった」と言いながら出ていった。

こんなに喜んでくれるなら、彼の分も作りたいくらいだけれど、もちろん恋人でもない私がすることではない。

「もう……」

近くにいると、彼への想いを抑えられなくなりそうで怖い。あの頃に戻ることはないのに。

「仕事、仕事」

私は気持ちを切り替えて、仕事に戻った。

その日は結局、次のフライトのあと運航を断念した。風速が二十メートルを超える瞬間が出てきたのと、風向が目まぐるしく変化し始めたからだ。

もともと風の強い地域なので、こうしたことは過去にもある。とはいえ、ドクターヘリチームの無念は計り知れない。

今日ヘリに乗っていたドクターは、また出動できるようになることを祈って、フライトスーツのまま救命救急科の仕事をしている。ヘリは飛ばなくても、救急車は動いているからだ。

一方、篤人さんと整備士はヘリの整備に入った。時間があるので、いつもより念入りにできそうだ。

私はその間も情報収集を続けて、飛べるようにならないか模索していたが、そのまま日没を迎えた。


篤人さんの引っ越しは、それから五日後。

その日は天候もよく、汗ばむような陽気となった。私は仕事だったが、出動回数は二回と、臨海総合医療センターにしては少なめだった。

「お疲れ」

仕事を終えて帰ろうとすると、休憩室から出てきた綾瀬先生に呼び止められた。今日はヘリに乗っていなかったのでスクラブ姿だ。

「お疲れさまでした」

「小日向、今日引っ越しなんだって?」

「そうみたいですね」

どうして私に聞くのかと思いつつ、そう答える。

「面倒見てやって」

「は？」

「同じマンションだって聞いたから」

綾瀬先生と篤人さんは、急速に仲良くなっているけれど、なにを聞いているのかとどぎまぎする。

「すごい偶然だね」

「あっ、そうなんです。びっくりでした」

どうやら部屋探しを手伝ったことは知らないようなので、慌てて話を合わせた。

「狙ってたりして」

「それはどういう……」

「なんでもない。最近、よくスマホでレシピ調べてるんだよ。『体調を心配してくれる人がいるから、野菜も食べないと』とか真剣に」

私のお小言のせい？

「俺、一応外科医だから切るのは得意だけど、味付けが散々で」

メスと包丁を一緒にする彼に噴き出す。

「でも小日向は、切るのも苦手らしい。指がなくなると叫んでたから心配してる。まあ、切れたら俺が縫うけど」

「縫うほどのけがはやめてください」

想像するだけでも痛い。

「だよね。だから、ちょっと教えてやってよ。その、体調を心配してくれる人のためにさ」

綾瀬先生が意味ありげに語るので、もしや私たちがかつて婚約していたことを知っているのではないかと顔が引きつる。

「あっ、救急車入る。それじゃあ」

ホットラインが鳴ったことに気づいた彼は、慌ただしく処置室に入っていった。

「なにしゃべったの……」

おそらく、私たちの関係について、ほかの人は知らないと思う。昨日、井川さんと一緒に昼食を食べたけど、なにも言われなかったし。

もう引っ越しは済んだのだろうなと思いつつ帰宅して夕食の準備をしていると、スマホが鳴った。

「なに？　どうしたの……」

篤人さんから【ＳＯＳ】というメッセージが入り、顔が険しくなる。

私たちヘリチームは、なにかあったときのためにメッセージのＩＤを交換していて、グループを作っている。だから彼も私のＩＤを知っているのだ。

なにがあったのかと焦って、返事をした。

【どうしたんですか？】

【もう帰ってる？　部屋まで来てくれない？】

切羽詰まった状況だと感じた私は、三十階に急いだ。

チャイムを押すと、すぐに黒いＴシャツにジーンズ姿の篤人さんが顔を出す。

「なにがあった……あっ」

目の前に血がにじむ指を差し出されて、すべてを察した。料理に挑戦して切ったのだろう。

「もう、なに作ってたんですか？」

「引っ越しといえば、そばだろ。そばゆでる前にネギを切ろうとして、これ」

不器用にもほどがある。

ふと部屋の中に視線を送ると、まだ段ボール箱が山積みにされていた。疲れているだろうに食事を作ろうとしたのは、私の発言を気にしているのだろうか。

「大変なときは外食すればいいんですよ」

「そうだけどさ」

「とにかく、治療しなくちゃ。絆創膏《ばんそうこう》は？　救急箱、あります？」

「そんなものはない」

予想通りの返事に、ため息が出る。仕事は完璧なのに、こういうところは無頓着なのだ。

「俺、昼も食べられなかったから、腹ペコで」

彼は私をちらちら見ながら言う。

「真白の作った料理、うまいだろうなぁ」

どうやら私の料理を食べたいと主張しているようだ。

「もう……。治療ついでに作りますから、家に来てください」

このままでは夕飯も食べられそうにないし、危なっかしくて見ていられない。

「ほんとに？　助かる」

彼の目が一瞬で輝く。あまり期待されても困るのだけれど、作ったものに文句を言われたことはないので大丈夫だろう。

傷は深くはなさそうだが、ティッシュで押さえてふたりで私の部屋に向かった。

「狭いけど座ってください」

彼の広い部屋とは違い、私の部屋は1DK。ダイニングのイスに彼を座らせ、傷を確認した。

「そんなにひどくはないですね。水で流しておけば大丈夫かも」

にじむ血を洗面所できれいに洗い、再びイスに座らせて皮膚保護材を貼った。

「サンキュ」

「綾瀬先生の言う通りになるなんて……」

「綾瀬、なんか言ってた？」

「『切れたら俺が縫う』って。本当に怖いから気をつけてください」

この程度で済んでよかった。

「もっと気をつけるから、そんな泣きそうな顔するな」

篤人さんがそう言いながら、彼の前に膝立ちになっていた私の頬にそっと触れるので、息が止まりそうになる。

「俺は心配してもらえてうれしいけど、真白が泣くところは見たくない」

「……だったら、心配させないで」

「ごめん」

手を離した彼は、私の頭を励ますようにポンポンと叩いた。

その後、急遽《きゅうきょ》材料を二人分にして、鶏の照り焼きとラタトゥイユをこしらえた。

その間、彼は私の隣にいて、「勉強だ」と調理の様子を見ている。

「おかずが足りないかな……」

「相変わらず手際がいいな」

「ラタトゥイユはたくさん作って冷凍しておくと、ちょっと野菜が足りないときに便利かも」

味付けも難しくないと思ったけれど、彼には野菜を切るハードルが高そうだ。

「なるほど。冷凍しておくのか。だけど、指がなくなりそうだ」

間違いない。

「いいなぁ」

篤人さんから〝俺の分も作ってほしい〟という気持ちが、痛いほど伝わってくる。

「うーん。よければ今度の休みに多めに作っておきますけど」

「それはありがたい」

なんという余計な提案をしてしまったのだろうと思ったのだが、あとの祭り。満面の笑みを見たあとでは取り消せない。

「と、とにかく食べましょう。引っ越しチキンになりましたね」

「チキンのほうがいいに決まってる。そばだけじゃあ、物足りないし」

たしかに天ぷらくらい欲しいところだけれど、まともに野菜を切れない人に揚げ物なんて絶対に無理だ。

「いただきます」

狭いテーブルの前で手を合わせた彼は、早速チキンを口に入れる。

「うまー。真白の味だ」

彼ほどの人なら、私と別れてからいろんな女性と付き合っただろう。誰かの手料理も食べたのではないだろうか。その料理と比べられていたら……なんて余計なことを考えてしまい、ちょっとへこむ。

別れを切り出したのは私なので、なにも言う権利はないとわかっているけれど。

「お口に合ってよかったです」

そう言いながら、お茶に手を伸ばした。

「真白、ひとりなんだね」

「ゴホッ」

篤人さんの発言に、お茶を噴き出しそうになる。

「平気？」

「平気です」

浮気相手と一緒になりたいと別れを懇願したのに、すっかり頭から飛んでいた。このマンションの賃貸部分には、ファミリー向けの広めの部屋もあるのに。

「あー、うまくいかなかったっていうか……」

こんな嘘、もうつきたくなかったのに仕方がない。

「そうか。そういうこともあるよな」

なんとか納得してくれて助かったものの、婚約を解消してまで一緒になりたかった人と破局したなんて、篤人さんの心中も穏やかでないだろうなと思う。いや、ざまあみろ、かしら。

なにを話したらいいのかわからなくなり箸を動かし始めると、彼が口を開いた。

「……そういう人がいればの話だけど」

「えっ……」

全身をぞわぞわとした感覚が走り抜ける。

もしかして、私の嘘に気づいてる？

「いや、なんでもない。ラタトゥイユもうまい。優しい味だな」

「あ、ありがとうございます」

それからはまともに篤人さんと視線を合わせられなくなった。見つめられると、心を丸裸にされそうで怖かった。

食事のあとは、いいと言ったのに皿洗いも手伝ってくれた。けがをしたばかりの彼に水仕事を任せるわけにもいかず、私が洗った食器を拭いてもらった。

すべて片付くと、彼は玄関に向かった。

「本当に助かった。やっぱりこのマンションにしてよかった」

篤人さんはそう言うけれど、私としては複雑だ。またこうしてふたりの時間が持てるのがうれしいのに、彼を拒絶しなければならないのが苦しい。

「いえ、お大事に」

「うん。綾瀬に笑われそうだな」

「存分に笑われてください。でも、もうけがはしないで」

体を気遣えと言ったのは私だけれど、ハラハラする。

「そうだな。生野菜かじっておく」

「そんな……。ラタトゥイユは差し入れしますから」

「ありがと。すごくうれしいよ」

私を見つめる彼の視線が熱く感じるのは考えすぎだろうか。

「なあ」

「ん？」

「また、食べに来てもいい？　もちろん食費は払うし、できるだけ手伝うから」

思いがけない提案に目をぱちくりさせる。

「そ、そんな……。私の部屋に入り浸ってたら、彼女できないですよ」

今、彼に女性の影はない。でも、ずっとこのまま独身というわけではないだろう。

いつかまた恋をして、その人と結ばれて……かわいい赤ちゃんが生まれて……。

そんなことを考えていたら、顔が険しくなる。

「いらないから、構わない」

彼は少しも視線をそらさず、きっぱりと言う。

「でも……」

「好きでもない女と付き合って、なにが楽しいんだ」

「そりゃあそうですけど、好きな人ができますよ、きっと」

今はいなくても、きっと運命の人がいるはずだ。

「もういるからいい」

それはどういう意味？

もしもそれが私だったら……と期待を抱いてしまう。でも、彼を傷つけた私に、その胸に飛び込む権利はない。それに……私と一緒にいたら、彼が望む未来は手に入らないだろう。

「疲れてるのに、今日はありがとう。おやすみ」

「はい。おやすみなさい」

彼はまだなにか言いたげだったが、気持ちを切り替えたかのように優しい笑顔であいさつをして帰っていった。

翌日は、昨日とは打って変わって、朝から雲ひとつない快晴だった。

「今日は急激に気温が上がる。暑さに体が慣れていないから、熱中症が発生しやすい。冷やした点滴積んだか？」

「はい、積みました」

今日のフライトドクターは、安西先生だ。彼はブリーフィングで、ナースの井川さんに確認している。

「今日の最高気温は二十四度の予想です。昨日が十五・五度でしたので、寒暖差が激しいです。皆さんも、水分補給を忘れずにしてください」

私も口を挟んだ。

ここにいるクルーは、皆情熱あふれる人ばかり。だからこそ過酷な任務を黙々とこなすのだけれど、目の前の傷病者の治療で頭がいっぱいになるため、自分のことは忘れがちだ。ドクター相手に健康管理について話すのはナンセンスかもしれないけれど、私の仕事は彼らの命を守ることなので、必ず伝えている。

「了解」

「それでは、緊急時の確認をします」

今度は篤人さんが話し始めた。

これは、毎日同じことを繰り返している。けれど、緊急時に慌てないためには、何度も聞いておくのが一番なのだ。

もちろん訓練はしているけれど、必要なときに実行できなければ意味がない。

「救命無線機の使い方ですが——」

篤人さんは、万が一墜落したときに自動的に遭難信号を発信する無線機の、手動での使い方を確認し始める。もうすっかり仕事のスイッチが入っており、凛々しい表情をしていた。

その日は予想通り熱中症の患者が出て、冷えた点滴が役立ったようだ。

四件の出動のうち、午後の一件がランデブーポイントの選定に苦労した。ランデブーポイントは、当日使用できないこともある。今日の事例も最も近い場所が使えず、消防と相談の上、まずは少し離れた場所に着陸した。

その後、消防の車で現場に向かった安西先生からの連絡で、現場近くの道路に着陸できそうだということで、篤人さんに再び飛んでもらうことになった。

ランデブーポイント以外の場所はヘリの着陸を想定していないため、狭かったり、付近に障害物があったりするケースも多々ある。それを目視で確認しながら、狙った位置に正確に降りられる技術がある篤人さんだからこそできる業《わざ》だ。

彼は傷病者を乗せていないときに、しばしば病院のヘリポートのHマークの角度や位置に合わせて着陸する訓練をしている。本人は三センチずれただけで悔しがるが、真下は見えないのにもかかわらずほぼ完璧な精度で、驚くほどだ。

「お疲れさまでした」

デブリーフィングが終わったあと、井川さんと一緒に病院を出た。久しぶりに食事に行くのだ。

彼女が運転する車で、篤人さんを連れていったカフェレストランに向かった。

野菜がゴロゴロ入ったお気に入りのビーフシチューを注文すると、彼女も同じものにしたようだ。

「今日も大変だったね」

「ちょっと慣れてきたかも。最初よりは体がつらくないし」

現場では、医療材料の詰まった重い荷物を抱えて走らなければならない。体力がつくのはうなずける。

「そっか、よかった」

「でも、けがの範囲が広い患者さんのラインが取れなくて、また安西先生に助けてもらっちゃった。安西先生は腕をすぐにあきらめて、脚に取ったの。その判断が私にはできなかった」

井川さんは、救命救急科での働きが認められて、フライトナースに採用された優秀な人。とはいえ、経験がものを言う現場では、まだ難しいこともあるのだろう。

「叱られたわけじゃないでしょ」

「うん。ライン確保できなかったことをあとで謝ったんだけど、必ずできるようになるからって励ましてもらえたくらいで。でも、甘えてちゃいけないよね。患者さんの命がかかってるんだし」

決して甘えているわけではないだろうに、自分を厳しく律する彼女は、きっといいフライトナースになる。

「そのフライトのあとに、ヘリで点滴の補充をしてたら、小日向さんも励ましてくれたんだ」

思いがけず篤人さんの話になり、目が泳ぐ。

「そう」

「〝新人だから〟が許されない現場だけど、そのためにチームでやってるんだぞって。明日はできるようになろうって」

「うん、その通りだよ。井川さんが努力もしない人だったら、誰も助けてくれない。皆、井川さんが頑張ってることを知ってるんだよ」

実際、一度できなかったことは必ず次で挽回《ばんかい》するらしい。師長は『将来が楽しみ』と話していた。

「ありがとう。小日向さんとちゃんと話したのは初めてだったんだけど、優しい人なんだね。乗務中は険しい顔してるから近づき難かったんだけど」

「そうだね。仕事中はすごく厳しいの。一瞬の判断ミスで墜落するんだから当然よね。でも、ヘリを降りたら……」

同棲していた頃、体調を崩せば献身的に看病してくれたし、ちょっと落ち込んだときは優しく抱きしめてくれた。『大丈夫だ。俺がいる』と言われると、どんな悩みも吹き飛んだのを思い出して、会話が途切れてしまった。

「どうかした？」

「ううん。ヘリを降りたら、別人になるんだよね。そのオンオフのギャップがすごくて……」

「もしかして、好きだったとか？」

井川さんはきっと冗談のつもりだろう。でも、まさにその通りで、一瞬言葉に詰まった。

「ま、まさか。ギャップがすごくて、びっくりしたっていう話」

「そっかぁ。ギャップ萌《も》えっていうやつかと思った。まあ、遠野さんには婚約者がいたんだよね。どんな人だった？」

彼女には、婚約したけど結婚には至らなかった彼がいたと話してあるのだ。

篤人さんの話題から離れたいのに、なかなか終わらない。

「……優しい人だったよ。自分のことより私を優先してくれるような」

「それなのに、どうして別れたの？」

「いくら好きでも、うまくいかないことがあるんだよ。あっ、料理来た」

ちょうどシチューが運ばれてきて助かった。

それからはお気に入りの美容院の話になり、篤人さんについては触れられなかったので助かった。

マンションまで送り届けてもらい部屋まで行くと、ドアノブに買い物袋がかかっている。

「なんだろ……」

中をのぞくと、私の大好きなチョコレートが入っていた。

篤人さんだ。

今日は午後に出動要請が重なり、その調整に四苦八苦して、無事にヘリチームが戻ってきたとき、安堵のあまり無意識にため息をついてしまったのだ。それに気づいた彼が近寄ってきて『お疲れだった』とねぎらってくれた。

実際に飛んでいる彼らのほうが体力的には大変なのに、CSが神経をすり減らす仕事だとわかっているのだ。

「なんのつもりよ」

そうつぶやきつつも、頬が緩むのを感じる。

篤人さんはいつもそうだった。あからさまに褒めなくても、仕事中、気分が落ちているときはさりげなく缶コーヒーを差し出してくれたり、パイロットチームの少し口うるさい部長に、フライトとは関係ないことでお小言をぶつけられていると、割り込んできて止めてくれたり。

私にだけというわけではないのだけれど、そんな人だから周りのパイロットも彼のところに集い、教えを乞《こ》うた。

ただ訓練中はとてつもなく厳しかったため、どんどん脱落者が出て、最後まで残った私を『遠野はしつこいな』と笑っていたっけ。

あのまま空を飛んでいたかった。けれど、安全のためにヘリを降りる決意をしたので、後悔はない。

部屋に入り、コーヒーを淹《い》れて早速チョコレートをかじる。

「やっぱおいしい」

苦すぎず、甘すぎず。このチョコレートは近所のスーパーには置いていないので、久しぶりだ。

明日お礼を言えばいいかなと思っていたけれど、彼の心遣いがうれしくてメッセージをしたためた。

【チョコ、ありがとうございました。おいしくいただいてます】

するとすぐに返信がある。

【この不良娘、遅くまでどこ行ってたんだ】

もしかして、訪ねてきたけどいなくて心配した？

【井川さんとご飯に行ってました】

【彼女、へこんでなかったか？】

やっぱり優しい。ずっと気にしているんだ。

【ちょっとへこんでたけど、きっと大丈夫。小日向さんって優しい人ですねだって。モテモテ】

もちろん、冗談のつもりだった。それなのに……。

【モテたい相手はひとりしかいないんだ】

「どうして……」

再会してから、彼の気持ちが私に向いているような気がしてならない。どれだけありえないと打ち消しても、彼の言葉の数々が、遠回しに愛をささやいているように聞こえるのだ。

ううん。彼のことが好きすぎて、都合のいい解釈をしているだけだ。

私の心は、激しく揺れる。

【それじゃあ、振り向いてもらえるように頑張ってください】

【もちろん、頑張る】

メッセージでよかった。こんなに動揺した姿を見られずに済んだ。

別れてからもずっとあなたのことしか頭にないと明かしてしまえば、どれだけ楽か。

でも、そうしたら彼は理想の未来を手にできない。私のことは忘れて、新しい人生を踏み出すべきだ。

だって私は……彼の願いを叶えてあげられないから。

【電話していい？】

思いがけない質問に、鼓動がドクドクと勢いを増す。

【お風呂に入るので】

やんわりと断ったのに、すぐに電話が鳴った。今までメッセージのやり取りをしていたのに出ないのもおかしくて、思いきってボタンを操作した。

「もしもし」

『そろそろ服脱いだ？』

「は？」

『風呂入るんだろ。逐一《ちくいち》中継してくれ』

かすかな笑い声とともに聞こえてきた彼の声がリラックスしていて、自分だけガチガチに緊張しているのがバカらしくなる。

「変態！」

『変態で結構。それで、パンツ脱いだ？』

「脱ぎません」

もしかして、さっきのやり取りで気まずい空気が流れたのに気づいて、和ませてくれているのかもしれない。

「ヘリチームの人たち、篤人さんがこんな人だと知ったら、びっくりしますよ」

仕事後の彼は鉄仮面を脱ぐけれど、ここまで砕けた人だと知っている同僚はおそらくいない。

『別に構わないけど。ほら、なんだっけ。ギャップ萌えってやつするかもしれないし』

井川さんと同じことを言うので、笑ってしまう。

「自分で言わないでください。パンツ脱いだとか、キュンとはしないでしょ。もっと言葉を選ばないと」

『そうか。それじゃあ……』

彼は咳払いをしたあと、なぜか声のトーンを下げる。

『細く長い指でシャツのボタンをふたつ外すと、あらわになった鎖骨が——』

「ちょっと、なに始めたんですか」

『なにって、情緒豊かなバージョンの真白が服を脱ぐ中継』

「全然萌えません。引いてます」

電話の向こうから、楽しそうな篤人さんの笑い声が聞こえてきて、私も思わず笑った。こんなふうに声をあげて笑ったのはいつ以来だろう。

身構えて電話に出たのに、これほど心が躍るなんて。彼はやっぱり私の癒《い》やしだ。

「それで、用はなんですか？」

わざわざ電話をかけてきた理由を改めて問う。

『そんなの、真白の声が聞きたかったからに決まってるだろ』

「えっ？」

『満足した。それじゃあ、おやすみ。あっ、パンツはいて寝ろよ』

「お、おやすみなさい」

冗談かと思いきや、彼はそこで電話を切った。

「ほんとに？」

スマホをまじまじと見つめながらつぶやく。

声が聞きたかったたって……まるで遠距離恋愛をしているカップルじゃない。

そう思ってから、婚約中の私たちもそうだったと思いを馳《は》せる。

ビデオ通話が終わるのが寂しくて、他愛のない話ばかりしていた。彼に触れられないもどかしさで胸が苦しくて、通話を終えたあとの脱力感が嫌だった。でも、彼と話すと次の日への気力も湧いてきて、会えるまでの日数を指折り数えながら踏ん張れた。

すぐに触れられないという障害が私の恋心をさらに燃え上がらせ、ますます彼にはまっていった。それは彼も同じだったのか、東京に戻ってきた日は、とろとろに溶けてしまいそうなほど激しく抱き合った。

あの頃と同じだ。彼の声の余韻が耳に残っていて、会いたくてたまらない。

エレベーターに飛び乗れば数分の距離にいるのに、抱きしめてほしいと言えないのが悲しすぎた。

近づく距離　Side篤人

真白が近くにいるだけで、感情が高ぶる。もちろん仕事中は集中しているが、病院に戻ってきて彼女の姿を見るだけで、ホッとするのだ。

毎日何度も離着陸を繰り返すため、ヘリの操縦は簡単なことだと次第に感覚が麻痺《まひ》してくるけれど、一瞬の気のゆるみが死につながる。

真白と婚約したばかりの頃は、彼女をひとり残して絶対に死ねないという気持ちでフライトをこなしていた。今ももちろん、ともに闘うドクターやナース、整備士の安全を守るという使命のもとで働いているが、出動回数をこなせばこなすほど、死の恐怖について考えなくなっていた。

しかし千葉に異動して再び真白に会えた今は、初心を取り戻して緊張感を保ちながら操縦できている。

この先もずっと彼女の笑顔を見ていたいのだ。

手を伸ばせば届く距離にいるのに、抱きしめることすら叶わないという状況は、ますます俺の気持ちを高揚させた。

マンションに帰ってからも、彼女のことばかり考えている。

今なにをしているだろうか。ひと言でいいから声が聞きたい。

そんな葛藤を毎日して、どうしても耐えられなくなると電話に手が伸びる。

真白はおそらく無意識だけれど、マンションに戻ってくると俺を『篤人さん』と呼んでくれる。

それだけで舞い上がるほど、彼女が好きだ。

仲がいいナースの井川さんに真白の話を振ると、真白への称賛の言葉が並んで、元婚約者としては少々鼻が高い。

彼女に『遠野の彼氏はなにしてる人？』とさりげなく尋ねたら、『遠野さん、恋愛には興味がないって言うんです。あんなに美人で気遣いもできるのに、仕事一筋でもったいないですよね』と返ってきて、やはり浮気は嘘だったと確信している。

どうやら井川さんは真白に婚約したものの別れた経験があることは聞いているようだったが、その相手が俺だということも、その理由も知らないようだった。

真白との距離がなかなか縮まらないまま、約四カ月。臨海総合医療センターにも千葉の空にも慣れてきて、少しずつ心労が減ってきた。

八月も終わりを迎えようとしているが、ここ最近は何日も雨が降らず、連日三十度超えを記録している。

タフなクルーたちにも、さすがに疲労の色がにじむ。

離陸後、安定した飛行に移るまではエアコンが使えない。おまけに、現場に到着する頃にようやく効いてくる程度で、フライトスーツ姿で走り回るクルーたちは汗だくなのだ。

しかもランデブーポイントが砂地の場合、地面が乾いているというのはヘリには大敵。巻き上げた砂塵でエンジンが故障してしまうため、あらかじめ消防に水を撒《ま》いてもらう作業が必要になる。

十一時過ぎの二度目のフライトでは、その水を撒くための消防車の到着が遅れて、数分間上空待機となった。

「お疲れさまでした」

熱中症で意識障害のあった高齢の男性を別の病院に運んで戻ると、真白がタオル片手に出迎えてくれる。

「消防との連携がうまくいかず、申し訳ありませんでした」

真白がクルーに頭を下げる。

「遠野のせいじゃないから。よくあることだ」

今日のドクターヘリ担当の綾瀬が、彼女を慰めている。

俺も綾瀬と同意見だった。おそらく別のランデブーポイントも選択肢に入っていたはずだ。しかし、消防の作業を待ったとしても、あの地点が最短で患者と接触できると計算したに違いない。

自分に厳しい彼女は、それでも自分を許せないのだ。

「大丈夫だよ。どんまいどんまい」

ヘリに乗っていた男性の看護師、後藤《ごとう》さんが、真白の肩に手を置いて顔を覗き込んでいる。少し馴れ馴れしすぎるのではないかと気になったが、真白を励ましたい気持ちは皆同じなのだと無理やり納得した。

一旦休憩室に引き上げたものの、綾瀬が近づいてきて小声で話しだす。

「わかってるよな」

「なにが」

「小日向の出番だ。厳しい上司じゃなくて、優しい元彼でよろしく」

真白を励ませと言いたいのだろう。

「言われなくても」

綾瀬にだけは、俺たちがかつて婚約していたことを打ち明けてある。というのも、着任初日に俺が真白を目で追っていることに気づくほどの観察眼を持つ彼に、隠しておけないと思ったからだ。

俺は注文してあった唐揚げ弁当を手に、運航管理室に向かった。

熱心に地図を見ていた真白は、俺が入っていくとすっと立ち上がる。

「先ほどは――」

「綾瀬の言う通りだ。遠野は最善を尽くした。そうだろ？」

「はい」

俺がブリーフィングを行うテーブルを指さすと、彼女は対面に腰かけて口を開いた。

「実はあの地区のランデブーポイントに問題があるのは認識していたんです。ほとんどが砂地なうえ、周辺道路の渋滞が激しく、今回のようなケースが十分に想定されました。でも、忙しさのあまり、新たなランデブーポイントの開拓までできていなくて」

だから、余計に落ち込んでいるのかと納得しつつ、弁当を広げる。

「もう食べた？」

「いえ」

「持っておいで」

俺が促すと、彼女はバッグから小さな弁当箱を取り出してきた。

「そんなんで足りる？」

「私は走り回ってないので」

以前より少しふっくらしたような気もするが、顔色が優れない。太ったというよりはむくんでいるような。

「体調悪い？」

そう尋ねると、真白の眉がピクッと動いた。

「いえ、大丈夫です。少し疲れているだけです」

嘘をついている気がするのは、視線を合わせないからだ。

「熱は？　頬が赤い気が」

手を伸ばして彼女の額に触れると、目を丸くしている。

「だ、大丈夫です。出動要請が入るかもしれないので、とりあえず食べましょう」

彼女は焦ったように手を合わせた。

熱はないようだけれど、心配だ。けれど、これ以上追及しても口を割らないだろう。

彼女は弱みを見せるのを嫌うからだ。

「ランデブーポイントの選定は消防を巻き込む話だから、本社から誰か派遣してもらおう。遠野の負担が大きすぎる」

そうしたことに我々航空会社の者もかかわるが、日々の業務をこなしながら新しい場所を探すのはなかなか重労働だ。

「そうですね」

「もちろん、遠野は意見をぶつければいい。この地区は遠野の城なんだから」

「城って……」

彼女が指揮を執るから、混乱せずに飛べるのだ。

「遠野のドクターヘリ業務への情熱はすごく気持ちいいし、俺もそういう気持ちを持ち続けたいと思ってる。だけど、長く続けたいなら誰かに頼ることも必要だ。遠野が倒れたら、困るのは俺たちだぞ。もう十分やれてるんだから、なにかあれば、俺を頼れ。頼りないか」

「まさか」

真白が声を大きくするので、頬が緩む。頼ってもいい存在になれているとしたらうれしい。

「そういえば、この前の筑前煮、すごくうまかった」

これ以上言うべきことはないので、彼女を和ませたくて話を変えた。

同じマンションに住むようになってから、彼女は時々差し入れをしてくれる。ヘリの出動が重なって疲れているタイミングが多いので、俺の健康を気遣ってくれているに違いない。

「ちょっと甘すぎましたよね」

「そうでもないぞ。それもうまそう」

真白の弁当に入っているアスパラの肉巻きを指して言うと、彼女はようやく表情を緩めた。

「食べます？」

「サンキュ」

「あはは。遠慮はないんだ」

「当然だろ。狙ってるんだから」

アスパラの肉巻きの代わりに、唐揚げを真白の弁当箱に入れた。

「この甘辛いたれが最高だ」

「そんなに好きなら、もうひとつどうぞ。野菜足りてませんよ」

キャベツの千切りが少しついているだけの唐揚げ弁当を見て、注意された。

「出来合いものの弁当とか出前って、偏るよな」

「たしかに」

彼女はうなずきながら、ご飯を口に入れている。

「でも俺、自分で弁当を作ろうとすると、血の海になるんだよね」

「怖いことを言わないでください」

真白が俺の心配をして顔をしかめるのがうれしいなんて、おかしいだろうか。

「でも、その修羅場、目に浮かぶだろ」

「そりゃあ……」

ネギすら切れず血を流した俺の不器用さをよく知る彼女は、言葉を濁す。

「頼む」

顔の前で手を合わせると、真白は首を傾げる。

「頼むって?」

「俺の弁当も一緒に作ってくれないかな」

「え……」

真白は厚かましいお願いに絶句しているが、当然の反応だ。

「ひどいけがをすると、操縦できなくなる。かといって、栄養の偏りが原因で病気になっても、ヘリに乗れない」

俺が懇願すると、真白はしばらく黙り込んでしまった。

さすがに図々しすぎた。撤回しなければと口を開こうとしたとき、彼女のほうが先に話しだした。

「……わかりました。でも、期待しないでください。冷凍食品も入りますからね」

渋々ではあるけれど引き受けてもらえて、心の中でガッツポーズを作る。彼女の手作り弁当が食べられるなんて幸せだ。

「もちろんＯＫ。一食千円くらいでどう？」

最近週に一度くらいしてくれる差し入れの代金は受け取ってくれないのだが、これ以上負担をかけるなら対価は必要だ。

「どんな豪華なお弁当を想像してるんですか？　三百円でどうでしょう」

「そんなんでいいのか？」

三百円で真白の味が食べられるなんて、安すぎる。

「夕飯の残り物とかも入るし、寝坊したらないですけど」

「十分」

彼女を励ましに来たはずなのに、俺のテンションが上がっている。

「野菜いっぱい入れよ」

「楽しみすぎる。仕事、頑張れそうだ」

真白の言動ひとつで、これほど気分が浮き沈みする自分がおかしい。けれど、それだけ好きだという証《あかし》だ。

「そういえば、綾瀬が結婚式場を探してるんだけど」

「結婚されるの？」

綾瀬は、ドクターとしての腕がいいのはもちろんだが、見た目も女性受けをするさわやかな好青年だ。仕事中は厳しいものの、終わってしまえば冗談も飛び出すし、物腰も柔らかい。気遣いもできるので相当モテるだろうに、これまではまったく結婚する素振《そぶ》りがなかったらしい。

「お相手は、噂の人？」

時々差し入れを持って訪ねてくる女性がいるようで噂になっているが、綾瀬に尋ねたら、訳があって連絡を取ることはあるが、特別な存在じゃないと語気を強めた。

「その噂の人じゃないな。ずっとひと筋の相手なんだってさ。恋愛には興味ありませんみたいな顔してるくせして、隅に置けない男だ」

俺がそう言うと、真白は納得したようにうなずいている。

「一途なお相手がいたなんて、素敵」

俺も一途な相手が目の前にいるのだが……。あまりいじめて逃げられては困るので、黙っておいた。

「それで、ローズパレス紹介していい？」

「え……」

ローズパレスは、俺たちが結婚式を挙げる予定だった教会だ。打ち合わせに何度も足を運びドレスの試着もしたが、残念ながらその日を迎えられなかった。

だからだろう。彼女は目を丸くしている。

「すごくよかっただろ、あそこ」

「よかったけど……」

森の中のこぢんまりとした教会で、雰囲気が最高だったし、スタッフの気遣いも完璧だった。

「別れたんだから、縁起悪いでしょ」

真白が正直な言葉を口にするので、噴き出した。

「ほんとだな。でも、これからよくなるから問題ない」

「は？」

「とにかく、紹介するな。一応伝えておこうと思って」

「……うん」

彼女は納得していないようだけれど、一応うなずいている。

仕事を離れた話をするときは、徐々に敬語が崩れつつある。俺はそれがうれしくて、もっと彼女と会話を交わしたいと願う。

弁当があとひと口というところで出動要請が入り、俺はホットラインとともに運航管理室を駆け出した。

同じベッドで

ランデブーポイントの選定に戸惑ってしまった。着陸のために砂地へ放水してもらうのが遅れ、ヘリが上空待機となったのだ。

実は珍しいことではなく、しばしば起こる。

出動要請には二パターンあり、ひとつは、救急隊が現場で傷病者と接触し、いち早くドクターの治療が必要だと判断したときに入る〝現着後要請〟。もうひとつは、一一九番通報時に明らかに重症だと予想される場合、救急車と同時にドクターヘリも出動する〝覚知要請〟だ。

ヘリは当然車より速いので、覚知要請の場合は、消防による準備が整う前に到着することがままある。

今回もそのケースで、手は尽くしたのでさほど落ち込む必要はない。けれど、この地区のランデブーポイントに問題があることに気づいていたのに、忙しさを言い訳に追加のお願いを出していなかったことを反省したのだ。

今回はたまたま患者が助かったけれど、次もそうとは限らない。

そんなこともあり、午前中は気持ちが落ちていたけれど、篤人さんと話していたらすっかり浮上した。

くよくよしても仕方がない。これからできることを考えなくては。

ふたりで弁当を食べていると、出動要請が入り、篤人さんはすっ飛んでいった。

離陸直後にもう一件、交通事故現場からの要請が入り、最初のポイントで綾瀬先生だけを降ろして、もうひとりのドクターとナースは次のポイントに向かってもらった。

イレギュラーだが、こうした事態も起こり得るのだ。

現場にひとりで残された綾瀬先生には心労がのしかかるけれど、それをものともしないほどの知識や技術を持っているので、安心して任せられる。

結局そのフライトは、交通事故のけが人が命にかかわる状態ではなかったため向かう途中でキャンセルとなり、綾瀬先生と心筋梗塞《しんきんこうそく》の患者をピックアップして病院に戻ってきた。

「STEMI《ステミ》だ。PCI《ピーシーアイ》やるぞ」

どうやら患者は、冠動脈が閉塞していて、心臓カテーテル処置を行うようだ。

綾瀬先生が処置室のドクターに症状を伝えつつ、てきぱきと動いている。次の出動要請があるまで、ここで処置を手伝うつもりだろう。

今度は連携がうまくいった。

どれだけ経験を積んでも、同じ現場は二度となく緊張の毎日だ。

綾瀬先生のうしろ姿を見送ると、篤人さんに肩を軽く叩かれた。言葉はなかったが、ねぎらいの気持ちに違いなかった。


その日はデブリーフィングのあと運航管理室に戻り、しばらく放心していた。

今日は倦怠感《けんたいかん》がひどい。かかりつけの病院で検査をしてもらったほうがいいかもしれないと思いつつ帰り支度を始めると、私と同じ歳の男性ナース、後藤さんが運航管理室に入ってきた。

「お疲れー」

「お疲れさまでした」

慌てて立ち上がり、頭を下げる。

フライトナースは重労働だからか、体幹がしっかりしているように見え、いつも背筋が伸びている。短髪のさわやかな男性だ。

彼は時折ここに顔を出して、雑談して戻っていく。おそらく緊張が続くドクターへリの業務や救急の処置で心が疲れたときに、息抜きに来ているのだと思っている。

「今日はちょっと大変だったね」

「はい、すみません」

「謝ることはないよ。俺なんて、しょっちゅう反省しっぱなし」

後藤さんはラインを取るのが抜群にうまく、現場でもあっという間らしい。それも、これまでの練習や経験の賜物《たまもの》だろう。

「現場で活躍される後藤さんたちの足を引っ張るなんて、もってのほかですから、もう同じ失敗は繰り返しません」

できる限り早く、新しいランデブーポイントの選定に取りかかるつもりだ。

「遠野さんのそういう真面目なところ、いいなあ。俺、前に付き合ってた女の子とディナーの約束をしてたとき、処置が終わらなくて二時間遅れてしまって……」

彼は小さなため息を落とす。

「なかなか途中で帰るというわけにはいきませんよね」

目の前に生死をさまよう患者がいるのに、デートだからと切り上げられる人はいないだろう。もちろん、救命救急が医療従事者の犠牲で成り立っていることは決して美談ではなく、過酷な勤務にならないようにできるだけ人員を確保しているようだが、人手不足は否めない。

「うん。何度も謝ったんだけど、『仕事と私とどっちが大事？』って迫られて、ちょっとカチンときてしまったんだよ。『目の前で苦しむ患者を放置して帰れるわけないだろ』って。それで破局。だから今度付き合う人は、この仕事に理解ある人がいいなって」

たしかに、仕事を理解してもらわないと、付き合いを続けるのは難しいかもしれない。

私も篤人さんと離れ離れの生活が寂しかったので、彼女の気持ちが少しは理解できる。ただ私の場合は、篤人さんへの尊敬が上回ったため、責める気にはまったくならなかった。

こんなときにも篤人さんの顔がちらつくなんて、どうかしている。

「そうですね。そのほうがいいかもしれ――」

「遠野」

そのとき、なぜか険しい顔をした篤人さんが入ってきて、私の名前を呼んだ。

「はい。お疲れさまです」

「お疲れ。もう帰れるだろ？　タクシーで送るから」

「タクシー？　どうしてですか？」

私たちの住むマンションは交通の便がいいので、篤人さんも電車通勤しているはずだ。それなのになぜタクシーなのかと首をひねる。

「体調悪いだろ。綾瀬が心配してて、俺が送り届けることになった」

「綾瀬先生が？」

「そりゃ、ドクターだからな」

篤人さんが後藤さんに〝ナースなのに気づかなかったのか〟というような視線を送るので、ハラハラする。仕事中は厳しいけれど、終わってしまえばいつもは物腰柔らかになるのに、篤人さんの言葉がいつになく刺々《とげとげ》しく感じられた。

「荷物これだけ？　行くぞ」

彼は私の返事も聞かず、荷物を勝手に持ってスタスタと部屋を出ていく。

「えっ……ちょっと待ってください。後藤さん、お疲れさまでした」

後藤さんとの話が途中だったと思いつつもあいさつをすると、彼はあんぐりと口を開けている。

「小日向さん」

職員玄関へと足を進める彼は、心なしか歩みがゆっくりだ。私が追いつくのを待っているのではないかと感じたので、早足で向かって声をかけた。すると案の定彼は立ち止まり、振り返る。

「体調は？」

「あ……。問題ありません」

特に調子が悪い素振りを見せた心当たりはないけれど、篤人さんも綾瀬先生もどうして気づくのだろう。

「問題はあるだろ。顔色が悪すぎる」

ドクターでもないのに、見破らないでほしい。

「歩くのがつらいなら、抱いて連れていこうか？」

「あ、ありゅけます」

にっと笑う彼は、わざと煽っているに違いない。わかっていても、とんでもない言葉に焦りすぎて、噛んでしまった。

「そうか。ありゅけるか」

「もう……」

恥ずかしいから流してほしかった。

「相変わらず、かわいいな」

「えっ？」

「腹減ったから帰ろ」

彼は私の背中に手を置き、歩みを促した。

「後藤さんに誘われた？」

「誘われた？　いえ、なにも」

「ふーん。間に合ったか」

一体なんの話をしているのか、さっぱりわからない。

「どういう意味ですか？」

「真白はわからなくていいんだ」

尋ねたのに答えてもらえなかった。

マンションに帰ると、ご丁寧に部屋まで送ってくれる。

「なあ、本当に大丈夫か？」

「疲れただけですから」

実はとある病気を患っているのだが、こうして倦怠感が強くなることは珍しくない。

今日はストレスのかかる場面も多かったので、顕著に出てしまっただけだろう。

笑顔を作って返したのに、彼の眉間には深いしわが寄ったままだ。

「心配で眠れない」

「寝ないとダメですよ。篤人さんは、明日もフライトがあるんだから」

幸い私は、明日、明後日と休みなので、のんびりしていればよくなるはずだ。

「でも気になる。……そうだ」

彼の目が突然輝いた。

「俺、泊まっていい？」

「いいわけないでしょう」

思わず大きな声が出る。

「そうだよな。ベッド、シングルだったもんな」

ベッドの大きさの問題では決してない。

「それじゃあ、着替え持って俺の部屋に行こう。ベッド、あのまま使ってるんだよ。大きいから、十分ふたりで眠れる」

同棲していた頃のベッドはクイーンサイズだった。たしかに十分広いけれど、もう別れたのよ？

「ありえません」

「俺、弱ってる女に手を出すほど狂ってないから。手を出すなら、正々堂々と出す」

なんの宣言を聞かされているのだろう。しかも真顔なので、おそらく本気だ。

「頼むよ。隣にいれば、安心して眠れる。俺の明日の安全なフライトがかかってると思って」

私がどれだけ彼の体調を気にしているか知っているくせして、そんな言い方はずるい。……と思ったけれど、もしかして篤人さんも同じなのだろうか。もし彼の顔色が優れなければ、私も気になって眠れないだろう。

いや、だからといって同じベッドに寝るなんてありえない。

「無理です」

「わかった。俺はソファで妥協する」

「そんな大きな体が、ソファで休まるわけないでしょう？」

脚は飛び出すし、まともに寝返りも打てない。睡眠は大事だからと、マットレスにこだわっていいベッドを奮発したのに、台無しだ。

「じゃあ一緒に寝るんだな。着替え持っておいで」

彼は確定事項だと言わんばかりに、私を部屋の中へと促す。

「えっ、ほんと無理……」

「俺、弁当買ってくるよ。先に部屋に入ってて。ベッド使っていいから」

彼は強引に自分の部屋の鍵を私に渡そうとするが、その瞬間視界が揺れて座り込んだ。

「真白！　どうした？」

私の体を抱える篤人さんは、焦りを纏《まと》った声を出す。

「大丈夫。ちょっとめまいが――」

「これのどこが大丈夫なんだ。俺の前では強がるな」

彼は私のシャツのボタンをひとつ外して、楽にしてくれた。

「ストレスを抱えすぎだ」

篤人さんと別れたあの日。同じ症状が出たのを思い出した。

もうひとりのCSが夏休み中なので勤務が連続していて、疲れが蓄積しているのに加え仕事でも失敗し、ストレス過多になっていたのは否めない。ここまで体調が悪化したのは久しぶりだ。

「ごめんなさい」

「真白が謝る必要がどこにある。やっぱりだめだ。ひとりでは置いておけない。行くぞ」

彼は私を抱き上げて、自分の部屋へと向かった。歩くとまた倒れそうな私は、困ると主張できず、なすがまま。

彼は一旦私を下ろして部屋の鍵を開けると、再び抱き上げてリビングに向かう。

リビングに鎮座するアイボリーホワイトの大きめのソファは、同棲していた頃にふたりで選んだものだ。別れたのだから捨てて新しくすればいいのにとも思うが、このソファには思い出が詰まっているので、残っているのがうれしくもあった。

彼はためらうことなく寝室に進み、大きなベッドに私を下ろす。

「着替えられそうなら、ジャージ出すけど」

「お願いします」

めまいは治まってきたので着替えられそうだ。

クローゼットから大きなジャージを取り出した篤人さんは、ベッドに腰かけた。ギシッとしなるスプリングの音に、妙に緊張してしまう。

「こういうことはよくあるの?」

「ううん」

ここまでのめまいは久しぶりだけれど、倦怠感が強くなるのは日常茶飯事だ。けれど心配させるのが嫌でごまかした。

「そう」

なぜか顔を近づけてくる篤人さんに目を見開く。私の前髪を上げて自分の額を当てた彼は、熱を確認しているようだ。

「熱はないな」

「……はい」

目の前に彼の顔が迫り、恥ずかしすぎて小声になる。

「熱上がった？　耳が真っ赤」

「そんなことない」

赤くなっている自覚がある私は、慌てて手で両耳を押さえた。

「あんな濃厚なキスしてたのに、これくらいで照れてる？」

彼は爆弾発言をする。

顔から火を噴きそうなほど面映ゆくて、もう言葉が出てこない。首を横に振って、小さな抵抗をしておいた。

「まだしんどいよな」

「少し」

こうしてそばにいてもらえると、とても心強い。

二度と会えないと覚悟して別れたのだから、もっと距離を取るべきだと頭ではわかっているのに、そばにいたいという気持ちが抑えられない。

私はなんて弱いのだろう。

「明日休みだろ？　とにかくぐっすり眠ろう。内科を受診する？」

「多分、寝れば復活すると思う」

「わかった。朝も調子が悪かったら、考えよう」

別の病院で定期的に持病の検査をしているのだが、予約はもう少し先だ。それまでに症状が悪化するなら、受診しよう。

「着替えられる？　手伝おうか」

「な、なに言ってるのよ」

「恥ずかしがるような仲じゃないだろ。それに……」

冗談を言っているかと思いきや真剣なまなざしの彼に、心臓がドクドクと大きな音を立て始める。

「また真白が倒れたら心配なんだ」

「篤人さん……。ありがとう。でも着替えはできそう」

そう答えると、彼はうなずき「食べる物買ってくる」と出ていった。

ぶかぶかのジャージは、篤人さんに包まれているかのようで安心する。そういえば、初めて体を重ねたときも貸してもらい、ジャージに埋もれた私に欲情したとかで、すぐに脱がされる羽目になったっけ。

そんなことを思い出して恥ずかしくなり布団を頭からかぶると、調子が悪いせいかすぐに眠りに落ちてしまった。

それからどれくらい経ったのだろう。喉の渇きを覚えて身じろぎすると、部屋が暗くなっている。

「真白」

隣から篤人さんの声がして、起こしてしまったと反省した。

「起こしてごめんなさい」

「そんなことはいいんだ。体調は？」

彼は上半身を起こし、私の顔を覗き込んでくる。

「もうめまいは治まったみたい」

「そっか。よかった」

暗闇に慣れてきた目が、安堵の表情を浮かべる篤人さんの姿を捉える。

「勤務がハードすぎたか？」

「そうかも」

持病について明かしたくない私は、そう濁す。すると彼が身を乗り出してきてまじまじと見つめるので、視線をそらした。

「なんで俺、ドクターじゃないんだろ」

「えっ？」

「ドクターなら、治してやれるのに」

切なげな視線を送る彼は、私の頬を大きな手で包み込む。

病気は治せないかもしれないけれど、篤人さんがこうして隣にいてくれるだけで、心が癒やされる。もちろん、そんなことは口に出せないのだけれど。

「ありがとう。その気持ちだけでありがたいよ」

「俺……真白の気持ちに寄り添えてたつもりだったけど、自己満足だったんだろうな」

それは、別れたときの話をしているの？

だとしたら、彼に非はない。勤務の都合で寂しいこともあったけれど、その分一緒にいられる時間は甘やかしてくれたし、常に私を気遣ってくれた。彼以上の恋人なんて、きっとほかにはいない。

それにしても、私の浮気が原因で別れたのに、自分を責めているなんて思わなかった。

私が悪者になりきれなかったのだろうか。でもあのときは、精いっぱい悪女を演じたつもり。

「そんなことない。ダメだったのは私だから。篤人さんはなにも悪くない。ごめんなさい」

「それなら……」

彼は切羽詰まったような深刻な表情でなにか言いかけたが、途中でやめてしまった。

「喉乾いてない？」

「ちょっと」

そう答えると彼は寝室を出ていき、ミネラルウォーターを持ってきてくれた。

「起きれるか？」

「うん」

上半身を起こそうとすると、篤人さんが背中に手を添えて手伝ってくれる。やっぱり優しい。

ペットボトルの蓋まで開けるという至れり尽くせりの彼からそれを受け取り喉に送ると、彼が優しい表情で私を見つめているので、ドキッとした。

「とにかく、ゆっくり休もう。苦しくなったら、遠慮せずに俺を起こせ」

彼はそう言うと、私を再び横たわらせて布団に入った。

「ありがと」

自分は少々風邪をひこうが疲れていようが無頓着な人なのに、私が少し体調を崩すと、まるで自分のことのようにつらそうな顔をする。

そんな心優しい彼が好きなのだと、改めて思わされる。

目を閉じると、不意に手を握られて驚いた。

これ以上踏み込んではいけない、離れなければという理性が働いたものの、彼に触れていたいという本能がそれをあっさり上回り、握り返してしまった。

私の持病は、ストレスを強く感じたり疲労が蓄積したりすると、倦怠感が強く出るケースが多い。けれど今日は、この手の温もりがあればすぐに回復するような気がした。

翌朝目覚めると、すでに篤人さんの姿はなかった。

随分だるさは抜けている。

リビングに行くと、ウォールナットのダイニングテーブルの上にメモが置いてあった。

【おはよ。気分はどう？　まだよくなかったら、タクシーで病院だぞ。部屋は好きなように使って。鍵を置いておく。もうずっと持っていいからな】

「え……」

ずっと持ってていいって……。

篤人さんと付き合い始めてすぐ、いつ来てもいいからと彼のマンションの鍵を渡された。それを思い出す。

でも、あのときとは違う。私たちは赤の他人なのだ。鍵なんて預かれない。

メモと鍵の隣には、たまごサンドとサラダ。あとはレトルトのお粥《かゆ》や、栄養補助食品がわんさか置いてある。

私はすぐにメッセージを送信した。

【随分楽になりました。食べ物もたくさんありがとう】

篤人さんの存在を感じるだけで、ストレスが抜けていく。

彼と別れて、これからはひとりで生きていかなければと気負っていたせいか、失敗は許されないという強迫観念が常にあったようにも思う。

もちろん、これ以上負担をかけるつもりはないけれど、どうにもならなくなったら手を差し伸べてもらえるというような安心感が彼にはある。

別れた恋人の存在が、これほどまでに大きいなんて。

憎しみに満ちた罵倒をぶつけられても文句は言えないのに、温かく包み込んでもらえるとは思ってもいなかった。

婚約の解消という私の選択は正しかったのだろうか。あの頃は、離れることが彼の人生を守る唯一の手段だと思っていた。そうでなければ、彼の願いは叶わない可能性が高いから。

ううん、篤人さんはそれを知らないから、優しくしてくれるだけ。きっといろんな事情を知ったら離れていくに違いない。

気持ちが上がったり下がったり、忙しい。彼はいつも私の心を揺さぶる。

現在八時十三分。メッセージに既読はつかない。ブリーフィング中なのだろう。

大きな窓から空を見上げると、雲が広がっているものの、いい天気だ。

「気をつけて」

私は空を見上げてつぶやくと、用意されていたサンドウィッチに手を伸ばした。

その日のうちに回復して、体調はすっかり整った。難しい出動要請が続きストレス過多になっていたのと、連続勤務と暑さが重なりダウンしたようだ。

ヘリに乗っているクルーたちはもっと過酷な状況で働いているのに情けないけれど、これが今の私なのだから、受け入れなくては。

看病してくれた篤人さんには、大量の肉じゃがを差し入れした。

回復した私を見てうれしそうな顔をする彼に、やっぱり心が惹《ひ》かれていく。でも、もちろんそれを口にするつもりはなく、振り回してしまい少し申し訳ない気持ちになった。

私が仕事に戻ると、今度は篤人さんが休みに入った。夏休みをとっていなかったので、五日間の休暇に入るのだ。

彼は山梨の実家に顔を出しに行くのだとか。なんでも東京に住むお姉さんも実家に滞在しているようで、久々に家族だんらんを楽しむのだろう。

お姉さん夫婦には男の子――大輔《だいすけ》くんがいて、そろそろ四歳半になるはずだ。私も何度も会ったことがあり、本当にかわいかった。短い脚でちょこまかと駆けてきて、思いきり抱きついてくる姿を今でも覚えている。

篤人さんはまるで自分の子のようにかわいがり、おむつ替えまで挑戦していた。子供が欲しいという彼の願望は強く、婚約してからはいつか授かるだろう私たちの子供について、何度も語り思いを馳せた。けれど結局、その日はやってこなかった。

無事に仕事を終えて帰宅しようとすると、綾瀬先生に声をかけられた。

「遠野、お疲れ。顔色はよくなったな」

「ご心配をおかけしてすみません」

「俺はいいんだよ。小日向がね」

彼は意味ありげな笑みを浮かべる。

「小日向さんがなにか……」

「いつも冷静ですました顔してるのに、しつこいほど俺に遠野は大丈夫なのかと聞いてくるんだよ。診察もしてないのにわかるわけないって、内科を受診するように伝えておいたんだけど……」

そんなやり取りがあったとは知らなかった。

「疲れていただけなので、大丈夫です。お気遣い、ありがとうございます」

「うん。だけど、やっぱり健康診断は受けておいたほうがいいぞ。なんなら、空いてる時間に俺が採血しようか？」

「とんでもないです。今度検査を受けてみます」

綾瀬先生の申し出はありがたかったが、忙しいのに手を煩わせたくない。それに、検査結果を見られたくなかった。

「そうして。そうでないと小日向がそわそわする」

「小日向さんは、心配性なんですよ」

そう答えると、彼はくすりと笑みを漏らす。

「俺はあいつの気持ちがわかるけどね。そういえば、実家に行ってるんだって？」

「そう聞きました」

「ちょっと寂しいな」

綾瀬先生がそんなことを言うとは驚いた。彼らは時折プライベートでも一緒にどこかに出かけるほど仲がよくなっているようだけれど、夏季休暇の間会えないのが寂しいほどだとは。

「本当に仲がよろしいんですね」

「ん？　あはは。寂しいのは俺じゃないぞ。小日向の帰りを心待ちにしてるなんて、気持ち悪いだろ」

それじゃあ、なに？

「寂しい人がいるのかなと思っただけ。それじゃあ、また明日」

彼は優しく微笑み離れていった。

もしかして、私が寂しいと言っているの？

「なにを聞いてるの……？」

篤人さんは綾瀬先生に、どんな話をしているのだろう。

途端にドキドキしだした胸に手を置き、考える。

寂しい……か。

たしかに、胸にぽっかり穴が開いているような感覚は否定できない。

空になった弁当箱を『今日も最高にうまかった』と満面の笑みをつけて返してくれる彼に会えないのは寂しい。それに、ふとした瞬間に篤人さんの姿を目で追っているときがあるのは認めざるを得ない。

別れを告げて、篤人さんの存在を記憶から消すつもりだった。それなのに再会した瞬間から、頭の中は彼でいっぱいになった。

好きな人に手が届かないことなんてよくあると自分を納得させていたのに、相変わらず優しく接してくれる篤人さんを前に、気持ちが抑えられなくなりそうで怖い。

「しっかりしなさい」

ひとりで生きていくと決めたじゃない。

私は自分を戒める。

けれど、篤人さんの顔が頭に浮かぶのは、もうどうしようもなかった。

彼女じゃないと　Ｓｉｄｅ篤人

山梨の実家に帰ったのは随分久しぶりだ。

真白を連れて何度か訪れたが、別れてからは足が遠のいている。

今回顔を出す気になったのは、姉に第二子が生まれたからだ。

四歳半の長男、大輔は赤ちゃん返りが激しいようで、東京から里帰り出産した姉は、てんてこ舞いらしい。

「ただいま」

駅からタクシーで二十分。ぶどう作りが盛んな地域とあって、近くにはワイナリーがある。

真白との婚約を報告するためにふたりで訪れたときは、近くの温泉にも足を延ばして宿泊した。真白は随分気に入り、『また来たいな』とかわいらしくおねだりしていたけれど、実現できないまま別れてしまった。

「おかえり。久しぶりね。元気してたの？」

玄関に出てきたのは白髪が増えた母だ。

父が五年ほど前に他界して寂しいのではないかと心配していたけれど、近所の友人と旅行に行ったり、社交ダンスを楽しんだりしていて、俺よりずっと活動的な姿に安心している。

「まあね。これ、お土産」

「おじちゃん！」

母に手土産の和菓子を渡していると、大輔が駆け出てきた。

「おぉ、めちゃくちゃ大きくなったな」

「おじちゃんが引きこもってるからよ」

大輔を抱き上げて話していると、そう言いながら顔を出したのは姉だ。

「引きこもってねぇよ」

「へぇー、そう」

姉が意味深長に語るのは、真白と破局してから仕事以外ではほとんど外出しなくなったからだ。

真白と付き合っていた頃は、実家だけでなく東京の姉の家にもよく行っていたのに、正月くらいしか会わなくなった。

「大輔にもお土産だ」

大輔を一旦下ろして、持ってきたヘリコプターのおもちゃを差し出す。

「おじちゃん乗ってるやつ？」

「そうだぞ」

「わーい。ありがとう」

大輔はおもちゃを持って、奥に走っていった。

「生まれた子は？」

「朱美《あけみ》は、今寝たところ。タイミング悪ーい」

そうはいっても、生まれたての赤ちゃんはほとんど寝ているような。

「とにかく上がりなさい。コーヒー淹れるから」

「サンキュ」

母に促されて、リビングに向かった。

母は、俺と真白の別れをすこぶる残念がった。というのも、彼女をとても気に入っていたからだ。

真白もパイロットだと話すと驚いていたが、彼女の優しさや気遣いに感心して、『篤人にはもったいないわね』と何度も言われた。

それだけに、婚約を解消したと打ち明けたときは激しく落ち込んだ。

ダイニングテーブルにつくと、コーヒーと一緒にシャインマスカットも出てくる。

「篤人が帰ってくるって話したら、お隣さんがくれたのよ。真白ちゃん、好きだったわよ……。あらっ、ごめんなさい」

母がしまったというような顔をするので、余計に気まずい。

「好きだったな」

俺が千葉に異動になったことは話してあるが、真白については触れていない。ややこしくなりそうだからだ。

「あんなにいい人だったのに」

姉が眉をひそめる。

「これぱっかりは縁だものね。仕方がないわ。でも、あのまま結婚していたら、あなたたちにも、そろそろ子供がいてもおかしくなかったのにね」

母も孫を楽しみにしていたのだろう。ため息をついている。

真白は大輔をかわいがり、大輔も真白が大好きで、『まちろちゃん』とよたよた歩きながらいつもあとを追っていた。俺たちが帰ると、大泣きして大変だったようだ。

あの頃は、いつか俺たちも赤ちゃんをといつも話していた。俺は女の子が欲しくて、真白は男の子を望んだ。ただ、生まれてきたらどちらでもかわいくて仕方ないだろうねと笑い合っていたのが、つい昨日のようだ。

結婚して幸せな家庭を築く気持ちでいっぱいだったのに。人生、なにがあるかわからない。

「真白ちゃんは本当にいいお嬢さんだったけど、いつまでも彼女のことを引きずっていたって仕方ないしね。それで……お見合いしてみない？」

「は？」

唐突に見合い話が持ち上がり、すっとんきょうな声が出る。

「そうよ。それがいいわ」

姉も賛成のようだ。

「いや、見合いはいいよ。俺、結婚するつもりないし」

正確には、〝真白以外の相手と結婚するつもりはない〟のだが、これまたややこしくなるのが目に見えているので濁しておく。

「でもねぇ、あなたを心配した上岡《かみおか》さんが、娘さんはどうって？　東京の百貨店で働いてるらしくて、あなたが勤務している病院を知ってるって」

「職場まで話したのか？」

「そりゃあ、お見合いってそういうものでしょう？」

「見合いするって言ってないだろ」

　勝手なことをとため息が出るが、俺の婚約解消で母が痩せるほど落ち込んだことは知っているので、あまり強くも言えない。

「堅苦しくなくていいのよ。一度会ってお話ししてみて。上岡さんのところの娘さん、知らなかったかしら」

近所に住んでいたので、うっすらとは覚えている。たしか四、五歳年下だったような。でも、知っているのはそれくらいだ。

「だけど、仕事が忙しいし」

「大丈夫。千葉まで行ってくれるって」

なんとか断れないかと画策するも、どうやら根回しは完璧なようだ。

「気が合わなければ、仕方がないから。ね？」

これは一度会ってお断りするのが手っ取り早そうだ。今でも真白を愛していると言えない状況では、母も引かないだろう。

「わかったよ」

「ママー」

ソファに広げたおもちゃに埋もれて、ヘリに夢中になっていた大輔が、姉のところに駆け寄ってきた。

「どうしたの？」

「あそぼ」

「大輔、俺と遊ぼう」

これ以上母や姉と話していると、またとんでもないことを言われそうだと思い、大輔と一緒にテーブルを離れようとすると、彼はぷうっと頬を膨らます。

「おじちゃんじゃなくて、真白ちゃんがいい」

強烈なダメ出しに、姉が笑いを噛み殺している。

まだ小さかったのに、真白のことをよく覚えているんだな。

ただ、別れたからもう会えないと話してもピンとこないだろう。

「真白ちゃんは、ちょっと来られないんだ。なあ、なんで俺だけおじちゃん？　篤人くんでいいぞ」

「おじちゃんだもん」

とうとう姉が噴き出した。

「おじちゃんだもんねー。大輔が正しいわ」

「あのさ……。まあいいや。おじちゃんと遊ぼう。大輔のおもちゃ、見せて」

赤ちゃん返りしているという大輔は、「ママ、見ててね」と姉にお目付け役を頼んでから、再びソファに戻った。

その後目を覚ました妹の朱美は、まだ生後一カ月で、壊れそうなほど小さかった。ビクビクしながら抱かせてもらうと、大きなあくびをするのでかわいくてたまらない。

「自分の子が欲しくなるでしょ」

姉がそう言うのは、早く結婚しろということだろう。姉も母が落ち込んだのを知っている。

「まあね」

ただ、欲しいのは真白との子で、ほかの女性ではダメなのだ。

「もう未来を見なさい。女は一度無理だと思ったら、復縁は難しいよ」

姉のリアルな言葉が胸に突き刺さる。けれど、真白を忘れて生きていくことなんてできない。彼女が俺と別れて幸せになれるならと手を離したけれど、真白を支えているはずの男の姿はどこにも見えないし。

「……うん」

俺は納得した振りをして、泣きだした朱美をなだめ始めた。

その晩は、高校まで俺が使っていた部屋で布団に入った。この部屋には真白も泊まったことがあり、たくさんの思い出が詰まっている。

——あれは、真白が初めてこの家を訪れたときのこと。彼女は俺の高校の卒業アルバムを引っ張り出して、熱心に眺めていた。

『彼女は撮影の日にお休みしたのかな？』

クラス写真の別窓の生徒について、真白が尋ねてきた。

『彼女は一緒に卒業できなかったんだ。でも、仲間だからと先生にお願いして遺族の承諾を得て載せてもらった』

『遺族って……』

真白は眉をひそめた。

『高校二年の冬に、病気で亡くなってしまったんだよ。お茶らけてばかりの年頃だったけど、彼女の死をきっかけに皆が命について真剣に考えるようになった。だから同級生には、ドクターとかナースとか、あとは救急救命士とか、医療に携わっているやつが多い』

ドクターヘリに乗りたいと思った俺も、そのひとりだ。

『そっか。彼女、皆に大切なものを残していってくれたんだね。きっとクラスの仲間が医療の道を志したこと、天国で喜んでいるんじゃないかな』

会ったこともない俺のクラスメイトのために、目に涙を浮かべる真白は優しい。

『そうだな。俺は彼女に恥じない、ドクターヘリのパイロットになると決めている』

この話を明かしたのは真白が初めてだったが、真剣に耳をそばだてる彼女が大きくうなずいてくれてうれしかった。俺の志をよく理解し、常に応援してくれる女性がそばにいてくれる喜びを噛みしめた。

それから再びアルバムに視線を落とした真白は、俺を見つけてかすかに微笑んだ。

『篤人さんは、変わってないね』

『変わっただろ。こんなに幼くないぞ』

どこか青臭く感じる自分の写真を見て笑うと、彼女が小声でつぶやいた。

『でも、この頃からかっこいい』

そんなふうに煽られて、冷静でいられる男がいるだろうか。肩を抱き寄せて唇を重ねると、彼女は大きな目をいっそう見開き驚いていた。

しかし『ここではダメ』と艶《つや》っぽい声でたしなめられて、東京に戻ってから抱きつぶしたのは言うまでもない――。

「はー」

ため息をつくと幸せが逃げると言うけれど、つかずにはいられない。真白に出会ってから、俺の人生は真白でいっぱいだったのだ。

付き合い始めてから二人三脚できていたつもりだったのに、どこでボタンを掛け違えたのかわからないのが、きっと俺の残念なところなのだろう。

真白は別れを考えるほど悩んでいたのに、自分だけ幸せだと舞い上がっていたのだから。

「ああっ、くそっ」

気がつけば声が出ていた。

自分の情けなさにいらだちながら、しばらく彼女の顔を思い浮かべていた。

実家に三泊して、二十時半頃千葉に戻った俺は、真っ先に真白の部屋を訪ねた。

玄関でチャイムを鳴らすと『はい』と彼女の声が聞こえてきて、それだけでうれしい。

「俺。お土産があるんだ。開けてくれない？」

『あれっ、もう帰ってきたの？　ちょっと待ってね』

なんとなく彼女の声が弾んでいる気がした。……まあ、俺の気持ちが弾んでいるから、そう聞こえただけだろうが。

すぐにドアが開き、パジャマ姿の真白が顔を出した。

「こんな恰好《かっこう》でごめん。お風呂入っちゃった」

「気にするな、急に来たんだし」

むしろ気を許してもらえているようで、口元が緩む。

彼女は風呂から上がりたてなのか、頬や首筋がうっすらと赤らんでいて目のやり場に困った。——もちろんしっかり目に焼き付けるが。

「体調は？」

「もうすっかり元気。いろいろありがとう」

顔色が完全に戻っていて、安心する。

「あー、えっと……。コーヒーくらいなら淹れるけど」

「サンキュ」

俺の〝部屋に入れてくれ〟という無言の圧力に負けたのか、真白がそう切り出す。

彼女の気が変わらないうちに、靴を脱ぎ始めた。

恋人でもないのに部屋に入れてもらえるのは、元婚約者の特権だろう。彼女を落とせるなら、この特権をフルに生かすつもりだ。

「座って。今帰ってきたの？」

「そう。あっちの駅で同級生に偶然会って、カフェで話してたら遅くなった」

「そっか。懐かしかったでしょ」

キッチンでコーヒーを淹れ始めた彼女はそう言うが、俺は早く帰ってきたくて仕方がなかった。

「まあね。あっ、シャインマスカットをたくさんもらったんだ」

お土産に持ってきたマスカットをテーブルに置くと、コーヒーを運んできた彼女が袋の中を覗き込む。

「うわ、つやつや。おいしそう。いただいていい？」

「もちろん」

すぐに洗って皿に出してくれた真白は、満面の笑みを浮かべて口に入れる。

「甘ーい。千葉もシャインマスカットの産地みたいだけど、ひとりだとなかなか買わないよね」

「そうだな。ひとりで食べても味気ないし」

そう言いながら、彼女を見つめる。

やっぱり俺には真白しかいない。彼女との未来しか思い描けない。

「……なあ、一緒に住む？」

実家で真白への気持ちを再確認した俺は、ずっと言えなかった言葉を口にした。

「は？」

「俺の家、部屋余ってるから、家賃がもったいないだろ。それに、ふたりで食べるとこんなにおいしい。料理だけは指がなくなるから頼るけど、もちろんそれ以外の家事はする」

「そういう問題じゃなくて」

真白はシャインマスカットを手にしたまま、視線を伏せた。

「だよな。ごめん。真白の料理があんまりうまいから、毎日食べたいと欲張った」

真白が欲しいあまり暴走しすぎていると我に返った俺は、一旦引くことにした。そもそも一分もあれば行き来できる場所に住めているのが奇跡なのだ。嫌われて逃げられたくない。

「……それなら、また差し入れするよ」

「うん、ありがと。……真白」

今日の俺はどうかしている。彼女への気持ちがあふれてきて止まらない。

「ん？」

彼女の目をじっと見つめると、不思議そうに首を傾げる。その姿がたまらなくかわいらしくて唇を奪いたい衝動に駆られるも、さすがにこらえた。

「いや、なんでもない。コーヒー、ありがと。そろそろ帰る」

これ以上ここにいたら、勝手な気持ちをぶちまけてしまいそうだ。

でも時期尚早だろう。どうして真白が俺から離れたがったのか知ってからでないと、同じ過ちを繰り返す羽目になる。

「うん。こちらこそ、マスカットありがと」

丁寧に玄関まで見送りに来てくれた彼女は、ためらいがちに続ける。

「山梨のお母さんは、元気だった？」

今でも母の心配をしてくれる彼女は、やっぱり優しい。

「うん、元気。姉さんが二人目を産んで、里帰りしてて」

「それで実家に帰ってたんだ。おめでたいね。男の子？　女の子？」

真白はうれしそうに目を細めて、姉の第二子誕生を喜ぶ。

「女の子。朱美だって。壊れそうに小さかった。こんなで……」

俺は朱美を抱いたときのことを思い出し、両手を出して大きさを示す。

「そうだよね。大輔くんも、お兄ちゃんか」

屈託のない笑みを見せる真白と、家族になりたかった。

「そう。でも、絶賛赤ちゃん返り中」

俺が遊ぼうと誘っても『ママがいい』と振られてしまった。遊んでくれたのは、ヘリコプターのおもちゃで釣ったときだけだ。

「あはは。そっかぁ。お姉さん大変だろうけど、かわいいだろうな」

笑顔のはずなのに、目に光るものが見えた気がして顔を覗き込むと、背けられてしまった。

「ちょっと。すっぴんなんだから、まじまじと見ないでよ」

今、泣いていたような。気のせいだろうか。

「ごめんごめん。それじゃあ、また」

俺は少し混乱しながら、自宅に帰った。

あなただけを愛しています

篤人さんのお姉さんが二人目となる女の子を出産したと聞き、心が躍った。何度も一緒に遊んだ大輔くんがお兄さんになるとは感慨深い。

そう思った一方で、やはり篤人さんから離れたのは間違いではなかったと感じた。

彼から『一緒に住む？』と聞かれたとき、目が飛び出そうになった。なぜそんなことを言うのか理解できず瞬《まばた》きを繰り返していると、私の手料理が食べたいからと話していたけれど、笑顔が引きつっているようにも見えた。

いや、引きつっていたのは、きっと私だ。

体調不良で看病してもらったあの日から、彼とまた一緒に生活できたら……と心に抱いていた淡い気持ちを見抜かれた気がしたからだ。

多くの言葉を交わさなくても、ただ隣にいるだけで安心できるのは篤人さんだけ。久しぶりに同じベッドで眠るのは緊張もしたが、ひとりのときよりもずっと深く眠れた。なにかあっても彼が守ってくれるというような心地よさがあった。

とはいえ、いわば裏切った私が都合のいい期待を抱く資格はない。それなのに、彼のほうから同居の相談を持ちかけられ、すぐにでも承諾したい衝動が走った。

篤人さんも、私との生活を心地いいと思ってくれているのではないかと感じたからだ。

しかし、未来に目を向けたとき、同居は正しい選択ではないと落胆した。

私がすべきなのは、距離を置いて彼の幸せを願うこと。そう思って別れたのに、こんなふうに近くにいると気持ちが折れそうになる。

篤人さんが山梨から戻って二日。彼は今日まで夏季休暇のはずだ。

私もお休みだったその日は、朝からスーパーに行き、たくさんの料理をこしらえた。

彼の好きなローストビーフに、レンコンのきんぴら、大豆とひじきの煮物、ほうれん草のごま和え、鶏肉となすの甘酢あん、あとは定番のラタトゥイユ。

「作りすぎた」

一心不乱に作っていたら、テーブルの上が料理でいっぱいになった。

とはいえ、好きな人に役立てると思うと楽しく、いつの間にか鼻歌まで歌っているありさまだ。篤人さんがこのマンションに来るまでは、いかに手を抜くかばかり考えていたのにゲンキンなものだと、笑いがこみ上げてくる。

料理を冷まして密閉容器に詰めたあと、篤人さんの部屋に向かった。

いつもあらかじめ訪問の連絡はしない。彼のことだから、外出していても急いで戻ってきそうだからだ。いなければまた出向けばいいのが、同じマンションに住む利点だと思う。

三十階までエレベーターで上がると、篤人さんの部屋を目指す。このマンションは少し複雑な形をしていて、ひとつ目の角を曲がると、篤人さんの部屋の前の廊下に出ることができる。

「あれっ……」

篤人さんの部屋のドアが開いており、その向こうに長い髪にダークグリーンのスカートをはいた女性が見えた。顔はドアに隠れていたが、彼女はそのまま篤人さんの部屋に入っていく。

「え……」

たちまち心臓が激しく打ち始め、料理を持つ手が震える。

『一緒に住む？』と言われて舞い上がっていた気持ちが、一瞬にしてしぼんだ。

家に招くような特別な存在の女性がいたんだ……。

それなのに、彼の言葉を本気にした私が悪い。

いや、そもそも彼を傷つけたのは私。どんな罰も受ける覚悟だったのだから、なにがあっても動揺するのはおかしい。

でも、親密な関係の女性がいるのなら、冗談でも『一緒に住む?』なんて言ってほしくなかった。私の部屋にあがってコーヒーを飲むのは、彼女だって嫌なはずだ。

もしかしたら、彼女ができたのは最近なのかもしれないが、体調不良のときも同じベッドで寝るべきじゃなかった。

浮気を理由に婚約の解消を迫った罪深さはわかっているのに、篤人さんを責めるような気持ちが抑えられない。

私はなんて身勝手な人間なのだろう。悪いのは私。万が一、浮気を逆恨みされて復讐されたとしても、自業自得だ。篤人さんに怒りの気持ちを抱く権利なんて当然ないし、傷つくのもおかしい。

篤人さんの将来を考えるなら、私が望んだ方向に転がっているのに、どうして涙があふれるの?

私は涙を拭いながら踵《きびす》を返した。

エレベーターの到着をこれほど長く感じたことはない。ようやくやってきたエレベーターに乗り、【閉】のボタンを連打する。

消えてしまいたい。再会して優しくされたからって、自分の犯した罪を忘れそうになっていたなんて、バカにもほどがある。

自分の部屋に駆け込んで玄関のドアを閉めると、その場に座り込み、しばらく涙を流し続けた。


それから私は、篤人さんの弁当作りをやめた。彼には「やっぱり大変だから」とごまかすと、残念そうな顔を見せたものの、「無理をさせてすまなかった」とまで言われて複雑だった。

無理をしていたわけじゃない。たしかに、起床時間が少し早くなったし買い出しの量も増えたけれど、私にとっては楽しい時間だったのだ。

でも、ほかの女性から弁当の差し入れがあるなんて彼女が知ったら、間違いなく嫌なはず。

私の心の変化にいち早く気がつき、すっと手を差し伸べてくれる篤人さんが、どうしてそんなこともわからないのか不思議でたまらない。

私を完全に女性として見ておらず、罪悪感すら抱かないのかもしれないけれど、彼女からしたら不愉快に決まっているのに。

それでも仕事中は別。気持ちを切り替えて働いていた。

篤人さんにいまだ恋心を抱いている私としては、目の前で彼がほかの女性とうまくいく様子を見たくない。でもこれは篤人さんを傷つけた私が受けるべき報いなのだと脱力した。

あれから半月。

運航指令室の窓から見える花壇に、おしろい花が咲き誇っている。午前中にしぼんでしまうため、入院患者が朝早くからそれを観察しに部屋から出てきた。

「あっ、あの人……」

見覚えがある初老の男性を見つけて、思わずつぶやく。

たしか心筋梗塞で倒れて、十日ほど前にドクターヘリでこの病院に搬送した患者だ。もう花を愛《め》でられるくらい元気になったのだとわかり、頬が緩む。

救命救急科は傷病者の命をつなぐ場所ではあるけれど、処置で危険な状態を脱したあとは病棟に引き継ぐため、その後を知らないことが多い。そして患者のほうも、救命救急科でのことは覚えていないケースも多々ある。

この仕事にかかわり始めたとき、フライトドクターやナースは認識すらされないことが残念なのではないかと思っていたけれど、彼らはそんなふうには感じていなかった。ただひたすらに、患者一人ひとりの回復を祈っているだけ。

そもそも志願してヘリに乗っているような人たちは、傷病者の命を救えたり、後遺症を減らせたりできただけで十分満足している、人格者ばかりなのだ。

「あー、あの人……」

窓の外を眺めていると、篤人さんが隣に来て、私と同じ声を漏らした。

「覚えてますか？」

「うん。心筋梗塞だったよな」

「はい。お元気になられたようで、よかった」

私が言うと、彼は優しい目で男性を見つめている。

「見知らぬ誰かの元気になった姿を見てほっこりできるのって、この仕事の醍醐《だいご》味《み》だよな」

ドクターやナースでさえも、患者に存在を認知してもらえないことが多いのに、パイロットや整備士はなおさらだ。それでも、そう言える彼は優しい。

「そうですね。一番うれしい瞬間かもしれません」

「頑張ろうな」

私の言葉に深くうなずいた篤人さんは、私の肩を軽く叩いて部屋を出ていった。

篤人さんは今までと変わらず話しかけてくるけれど、彼女の存在に気づいてからはなんとなく気まずくて返事が短くなっていた。それに気づいているのか、最近は以前のような笑顔が見られなくて少し残念だったので、こうして同じ気持ちに浸れたのがうれしい。


その日の最後の出動は、交通事故現場からの要請だった。五台が絡み、火災まで発生した事故の対処は困難を極めたようだ。

駆けつけた綾瀬先生が複数のけが人を処置し、そのうち気道損傷と広範囲に熱傷がある重症患者をまずはヘリで運ぶことになった。

『こちら綾瀬。野上《のがみ》総合受け入れＯＫだ』

「了解です」

患者の搬送について、熱傷に強い病院と交渉していた綾瀬先生から無線で連絡が入り、すぐさま上空の気象をチェックする。その間に、救急車でけが人を運ぶ綾瀬先生から再度連絡が入った。

『ランデブーポイントまであと三分で着く』

「了解。南西の風、八メートル。積乱雲が見られます。ダウンバーストに注意を払ってください」

『こちらも了解』

篤人さんからも返事があった。

離陸後、パイロットは操縦に専念し整備士との通話になるので、着陸までもう篤人さんの声は聞こえてこないと思ったのに……。

『遠野、サポート頼むな』

「承知しました」

実際に飛んでみなければわからないことがたくさんある。それでも、情報収集を続ける私の仕事を尊重してくれるような言葉に、気持ちが引き締まった。

篤人さんは風の変化ものともせず、無事に野上総合に着陸してみせた。それだけでなく、すぐさま現場に戻り、もうひとりをこの病院へと運ぶ。

「日没まであと十三分です」

『了解です。五分で着きます』

整備士から返事があり安堵する。

もしかしたら日没に間に合わず、二人目は救急車での搬送になるかもしれないと手配していたのだが、篤人さんをはじめとしたクルーたちの迅速な動きや判断で、もうひとり無事にヘリで搬送できたのだ。

ヘリが到着すると、救命救急科のドクターとナースが迎えに行く。

ストレッチャーで運ばれてきた患者の処置は、すぐに始まった。

「ダウンバーストすごかったですね」

その直後、廊下から整備士の声が聞こえてきた。

「そうだな。でも、遠野が注意喚起しておいてくれたから、頭の中でシミュレーションできていた」

そんな篤人さんの声もして、頬が緩む。

自分もパイロットを経験して、あらゆる事態を想定して飛ぶのが基本だとはわかっているが、先に情報が入っていると落ち着いて対処できるのも知っている。それが功を奏したのだとうれしかった。

パイロットの中には、地上職を下に見る人もいる。もちろん、実際に操縦する人の功績は大きいけれど、あまりにないがしろにされるのもつらい。

しかし篤人さんは、フライトチームの誰かひとり欠けてもうまくいかないというスタンスを、昔から変えない。

パイロットを辞めるとき、退社するという選択もあった。けれどとどまってCSになったのは、彼のそうした気持ちを知っていたからだ。空は飛べなくても、まだ飛ぶ仕事にかかわれるというのは、大切な人と別れた私にとって、大きな心の支えとなった。

デブリーフィングを終えて帰ろうとすると、着替えを済ませた篤人さんが、救命救急科の待合室で誰かと話をしている。大きな彼に隠れて相手が見えなかったが、近づいていくと、それが女性だとわかった。

その瞬間、心臓をわしづかみされたような痛みが走り、眉間にしわが寄る。

きっとあの人だ。篤人さんの部屋に来ていた、あの……。

やはり、お付き合いをしている彼女なのだろう。髪の長いその女性は、私とは違い守ってあげたいようなかわいらしさがあった。

別れを望んだ私が、ショックを受けるなんておかしい。でも、篤人さんと彼女の仲《なか》睦《むつ》まじい姿を見ているのはつらすぎた。

別の出口から帰ろうと方向を変えたとき、「遠野」と綾瀬先生に呼ばれて、篤人さんに気づかれてしまった。

篤人さんがハッとした顔をしているのが見えて、とっさに視線をそらす。

「は、はい。なにか」

「あー、ごめん。明日でもいいや」

綾瀬先生は、篤人さんと女性にも気づき、気まずそうに言った。仲がいいのだから、篤人さんに彼女ができたことも当然知っているだろう。

元婚約者だからと気遣われるのも嫌で、「今でも大丈夫ですよ」と努めて明るく振る舞った。

「そっか。あのさ、昨日のフライトの――」

「綾瀬、それ明日にしてくれる?」

割って入ってきたのは、篤人さんだ。

「おう、わかった」

残されるのは嫌なのに、綾瀬先生が離れていってしまう。

「綾瀬先――」

とっさに追いかけようとしたけれど、篤人さんに腕を引かれてできなかった。

「仕事なんです。放してください」

「明日でいいと言ってただろ」

「でも」

私が女性に視線を送ると、篤人さんも顔を向けた。

「そういうことなので」

篤人さんが彼女に素っけない言葉をかけるので驚いてしまう。しかも、軽く会釈して去っていく彼女の目が潤んでいる気がして慌てた。

「ちょっと……。なにしてるんですか？　追いかけてください」

そう訴えても、彼は私の腕をつかんだまま動かない。

「小日向さん。彼女、泣きそうな顔してましたよ」

「泣きそうなのは、真白じゃないのか」

誰かに聞こえるかもしれないのに、真白と呼ばれて焦る。

それに泣きそうって……。たしかにショックだったけれど、彼が今気遣うべきなのはあの女性のほうだ。

「行くぞ」

「えっ、……放して」

強引に腕を引かれては力の強い彼に敵わず、そのまま引きずられるように病院を出た。

「小日向さん、あんなふうに追い返すのはひどいです」

彼がなにを考えているのかわからず、訴える。

一旦足を止め私をじっと見つめた彼は、なにも言わずに再び歩きだした。どこに行くのかと思いきや、もう誰もいなくなったヘリの格納庫だった。

彼は壁際に私を立たせて、顔の横に両手をつく。

「あの……」

私の腕をつかむ力が強くて怒っているのかと思ったが、注がれるまなざしは昔と変わらず優しくて、けれどどこか悲しげでもあった。

「もう、篤人って呼んでくれないの？」

「……だって」

視線を絡めているのに耐えられなくてうつむくと、「真白」と優しい声で呼ばれて心臓が跳ねる。

「真白」

顔を上げないでいると、もう一度名前を呼ばれ、今度は顎に手を添えられてなかば無理やり見つめ合うことになってしまった。

たちまち鼓動が速まり、息が苦しい。

長いまつ毛の奥の瞳にこうして見つめられる時間は、至福のときだったのに。彼を拒否しなければならないのがつらすぎる。

「真白」

私の名を繰り返す彼は、手を滑らせて頬に触れた。

「真白は今、幸せなの？」

その質問には答えられないから、やめてほしい。

幸せなわけがない。世界で一番好きな人と離れ、ほかの女性と幸せになる姿を見ていなければならないのだから。

「幸せじゃないなら奪うけど」

「えっ……」

切なげな顔をする彼は、私の唇を指でなぞる。

別れて約二年。一日たりとも彼を忘れたことはない。夢にまで出てくるくらい、私の心の中は彼でいっぱいだった。

「幸せ、だよ」

一番つきたくない嘘を口にしたせいで胸が張り裂けそうだ。

「だったらどうして目をそらす」

耐えきれず視線をそらしたことを指摘されてしまい、もう一度合わせないわけにはいかなくなった。

「なんでそんなことを言うの？　彼女、追いかけなくちゃ。大切な人でしょ？」

彼女に対してあまりにデリカシーのない篤人さんに、声が大きくなる。

こんな人ではなかったのに、どうしたの？

「彼女じゃないから」

「それじゃあ、なに？　部屋にも呼ぶような人でしょう？　ちゃんとお付き合い――」

「部屋になんて呼んでないぞ」

彼は不思議そうに首をひねるけれど、私はこの目で見たのだ。

「呼んでたじゃない。私、見たの。夏休みの最後の日、料理を持っていったら――」

「あれは綾瀬と綾瀬の奥さんだ」

思いがけない返答に、目を丸くする。

「ふたりは、ローズパレスで挙式することになったんだ。奥さんがローズパレスをすごく気に入ったらしくて、紹介してくれたお礼がしたいと言うから、家に招いた。真白も呼べと綾瀬に言われたけど、さすがに無神経だと思ってやめたんだよ」

綾瀬先生もいたとは気づかなかった。

私の勘違いだったの？

「さっきの人は……」

「あの人は、実家で無理やり押しつけられた見合い相手。結婚しろってうるさくて。一度会って断ったら納得すると思って、先週会って付き合えないと話して、承諾してもらった」

堂々と語る篤人さんが嘘をついているようには見えないけれど、泣きそうな顔をして去ったということは、彼女のほうはまだ割り切れていないのだろう。

「……どうして断ることが前提なの？　付き合ってみればいいじゃない」

話を聞いていると、最初から断るつもりで見合いをしたようだけれど、交際するという選択はないのだろうか。

「それ、本気で言ってる？」

私との距離を縮める彼は、息遣いを感じるほど顔を近づけてきて、怒りを纏った声を吐き出す。

「えっ……」

「真白にだけは言われたくない」

浮気した側がお説教なんて、やっぱりまずかった。

「ご、ごめんな……」

最後まで言えなかったのは、彼が私の顎を持ち上げて、切なげな視線を送ってきたからだ。

「お前には言われたくない。もうわかってるだろ？　俺の気持ち」

それって……。

全身をぞわぞわした感覚が走り抜け、言葉が出てこない。

「綾瀬の奥さんを俺の彼女と間違えて焦った？」

「そんなわけ……」

まさにその通りで、目が泳ぐ。あの場面を目の当たりにしたあの日は、涙が止まらなかった。

「だから、弁当作るのやめた？」

「あっ……」

全部見透かされているんだ。

「真白は、俺にさっきの人と付き合ってほしいの？」

付き合ってなんてほしくない。ずっと私のそばにいて。

そう叫びたいのに、どうしてもできない。

「なに隠してる」

「か、隠してなんて……」

「男はどこにいるんだ。真白が幸せになれるならと、苦渋の思いで手放したんだぞ、俺は」

嘘をついたことは、申し訳ない。でも、私の人生に彼まで巻き込みたくなかった。

「別れてからも、一度だってお前を忘れたことはない。ドクターヘリにこだわらずに、そばにいればよかったんじゃないかって――」

「違う」

彼にドクターヘリを降りてほしいと思ったことは一度もない。むしろ、誰かの命を救うために奔走する彼が誇らしかった。

だから寂しくても耐えられたし、いつか私もとドクターヘリに乗りたいという希望を抱いていたのだ。

「それじゃあ、なにが悪かったのか教えてくれよ。男がいるなんて嘘をついてまで別れたかったんだろ？　俺のどこが気に入らないのか、はっきり言ってくれ。毎晩夢に見るほど、真白が好きでたまらないんだ」

彼は怒りを爆発させているようでいて、どこか憂いを含んだ声を張り上げる。

篤人さんの口から、好きという言葉が聞けてどれだけうれしいか。今すぐ大きな胸に飛び込んで、『私も好き』と叫びたい。

でも、そんなことをしたら彼が望む人生を歩めなくなる。

「頼むよ。あきらめがつくように、納得できる引導を渡してくれ」

唇を噛みしめる彼が、小さく見える。

全部私のせいだ。悪女を演じたつもりだったのに、演じきれていなかったのだ。

再会してからも、同じマンションに住み、料理を作ったりして……。

彼の強引さに折れたところもあったけれど、そうやって距離を縮められるのがうれしかった。結局私は中途半端で、そのせいで彼を傷つけている。

覚悟を決めた私は、大きく息を吸い込んでから口を開いた。

「なに勘違いしてるの？　ちょっと料理を振る舞ったくらいで、私の裏の顔を忘れるなんて。職場が一緒になってしまったから、仕方なくいい顔してただけでしょ。男？　私はひとりの男じゃ満足できないの。飽きたら次に行くのよ。たまたま今はいないだけ」

どうしよう、声が震えそうだ。

目の奥が熱くなり視界がにじんできたけれど、お腹に力を入れて必死に気持ちを奮い立たせる。

「それなのに、好きとか……。バカじゃないの？」

うまく演じられているだろうか。

今度こそ、終わりだ。

絶望に打ちひしがれるも、ここで弱気になってはいけないと気合を入れる。

「真白……」

「昔の女を呼び捨てしたりしないで。未練がましい男なんて、みっともない」

そう吐き捨てると、篤人さんは苦しげに顔をゆがめた。

「なんで……」

「もう付きまとわないで。さよなら」

捨て台詞《ぜりふ》を吐き、足を踏み出す。けれどその足が小刻みに震えているのが自分でもわかった。

彼に背を向けた瞬間、涙がとめどなくあふれてきて、息を吸うのも苦しい。

もしも運命の人がいるのなら、間違いなく彼だった。彼のためなら、なんだってできる。

もう会社を辞めるべきだろう。篤人さんはこれで吹っ切れても、私のほうに未練がありすぎて、平気な顔をしていられる自信がない。

最初からそうしておけばよかった。彼の前からすっかり姿を消して、まったく別の仕事に就いて……。

心の弱い私は、どこかで篤人さんとまたつながれるのではないかと期待していたのかもしれない。

格納庫を出ると、空には月が昇っている。いつもは心休まるその光も、涙でにじんだ瞳ではよく見えなかった。

その晩は、涙がかれるまで泣いた。こんなにつらいなら、空にかかわる仕事をしていたいなんて、欲張らなければよかった。

そう後悔しても、今さら遅い。判断が甘かったのだ。

篤人さんにも迷惑な話だ。別れて約二年。彼が私を想い続けてくれていたのだとしたら、貴重な時間を奪ってしまった。

新しい恋をして結婚し、子供を授かることもできた時間だ。それを奪った私の罪は深い。

明日の勤務に影響があってはならないと目を閉じたのになかなか眠れず、私はしばらく泣き続けた。

翌日は、赤く腫《は》れた目を保冷材で冷やしてから出勤した。

ブリーフィングの前に天気図をチェックしていると、今日のフライトナース担当の井川さんがやってくる。

「医療材料のチェック終わりました……って、遠野さん体調悪い？」

「なんでもないよ」

「でも、目が真っ赤。それに、ちょっとむくんでるよね」

さすがはナースだ。バレないと思ったのに、指摘されてしまった。

無理は禁物なのに、精神的なダメージを負ったうえ寝不足もあってむくんでいるのだ。倦怠感もここ最近にないほど強く出ている。

病気を抱える私にとって、十分な睡眠を確保することは健康を保つための必須条件だったのに、それをしなかったのだから自業自得だ。とはいえ、仕事に支障があってはならないと気を張り詰める。

「昨日感動的な映画を見ちゃって、泣きすぎたの。それに、もともとむくみやすいの」

「本当に？」

「心配かけてごめんね。本当に大丈夫だから。もうすぐブリーフィングだよ。準備しなくちゃ」

私は無理やり話を切って、モニターに視線を向けた。

今は篤人さんのことは頭から追い出して、仕事に集中しなければ。判断ミスでクルーに危険があっては困る。

いつもは朝一番に運航管理室に顔を出す篤人さんだが、今日はブリーフィングで初めて顔を合わせた。表情が険しいのは、私のせいだろう。

「本日は、すべてのランデブーポイントが使用可能です。天候は、晴れのち雨。十五時頃から天気が崩れますが、大雨にはならないと思います。ただし南風が強くなりそうなので、注意が必要です」

淡々と話している間も、篤人さんの視線を感じる。けれど彼のほうは見ずに、報告を終えた。

「天候について付け加えます。千葉県上空は、遠野が話したように大雨にならない予報です。ただし東京の一部の地域に厚い雨雲がかかりつつあります。午前中にピンポイントで大雨が降る可能性もありますので、傷病者の搬送先の選定に注意が必要です」

篤人さんがそう言ったとき、顔が引きつった。東京の三次救急の病院に患者を受け入れてもらうことは珍しくないのに、東京上空の天候チェックが抜けていた。こんなことは初めてだ。

「申し訳ありません」

私はすぐさま謝った。いや、謝って済むようなことではない。ヘリで運んでも着陸できなければ、別の病院を目指さなければならなくなる。

短い時間で医師を傷病者のもとに送り、迅速に医療機関に運んで救命率を上げることこそドクターヘリの役割なのに、そんなミスはあってはならない。

「遠野は少し体調が悪そうだ。でも、代わりのCSがすぐに手配できません。天気図は俺も読めますし、フライトの最終判断はパイロットの仕事です。今日は、彼女には消防とのやり取りに徹してもらい、負担を減らしたいと思います」

「そんな、大丈夫で――」

「命がかかっている」

私の発言を遮る篤人さんの鋭い声が、胸に突き刺さる。

「遠野は我慢すれば、一日勤務できるだろう。だが、一瞬の判断ミスが最悪の結果を招く。それは遠野もよくわかっているはずだ」

「はい」

「消防とのやり取りは整備士もするが、空の上では情報が少なすぎる。運航管理室でしかできないことがたくさんある」

「その通りです」

「遠野、約束してくれ。少しでも無理だと思ったら、ほかの人を頼ること。今日は救急の勤務にフライトドクターがふたりいる。彼らなら、CSの役割をわかっている。彼らにSOSを出すこと。それができないなら、今日は飛べない」

篤人さんの言葉に背筋が伸びる。なにがあろうとも睡眠を確保して、万全の体調で挑むべきだった。気持ちを切り替えればなんとかなるなんて、無責任すぎた。

「約束します。申し訳ありません。昨晩よく眠れなかったのに加えて、倦怠感があります。持病がありまして、体調管理にもっと気を配るべきでした」

持病があることは初めて明かした。けれど、篤人さんの言葉を聞いて、隠しておきたいという私の気持ちより、突然症状が重くなったときに助けてもらえる状態を作っておかなければと、正直に打ち明けた。

「持病って……」

井川さんが驚いている。

「CSとしての勤務には支障がないと、主治医からお墨付きをいただいています。ただ無理をしたりストレスを強く感じたりしたときなどは、症状が強く出てしまいます。

体調管理が甘かったです。以後、同じミスは絶対に繰り返しません」

　改めて頭を下げると、安西先生が口を開く。

「そうだったのか。言いたくないことを言わせてごめん。でも、うちのドクターヘリチームは、チームワークが最大の武器だ。遠野がいなくなったら困るのは俺たちのほうだぞ。できる限りサポートするから、遠慮なくぶつかってこい」

「ありがとうございます」

　私がお礼を口にすると、篤人さんは小さくうなずいた。

　ブリーフィングが終わったあと、すぐに篤人さんのところに行き、頭を下げた。

「本当に申し訳ありません」

「俺にも責任がある。すまない」

「いえ」

　彼はなにも悪くない。

「持病って……」

「すみません。なにかは言いたくありません。でも、命にかかわるようなものではありませんので、ご心配なく。それでは、仕事に戻ります」

　それ以上追及されたくなくて、すぐに彼から離れた。

それにしても、昨日あんなにひどい言葉をぶつけたのに、普通にしていられる篤人さんの器の大きさには驚く。はらわたが煮えくり返っているだろうに、仕事は仕事だと線引きできているのだろう。

退職するにしても、次のＣＳが確保できるまではしっかり勤め上げようと気を引き締めた。


篤人さんの指摘通り、十時半をすぎると東京都の一部の地域に強い雨が降り始めた。その時間もヘリは出動したが、千葉県内の病院への搬送が決まったため、風や雨の影響を受けることなく無事に患者を送り届けることができた。

「ヘリは、もう戻ってくる？」

今日はフライトの当番ではなく、救命救急科で働いている綾瀬先生が顔を出した。

「はい。今離陸しましたので、十三分ほどで到着予定です」

「よし、その間に腕を出せ」

「腕？」

膿盆《のうぼん》を持っていると思ったら、注射器が入っている。

「採血するぞ。強制的に健康診断。小日向を安心させてやってくれ。遠野もだけど、あいつもポンコツになられると困る」

どうやら私に持病があることを聞いたようだが、篤人さんはポンコツになるほど心配しているのだろうか。私が心配するに値するような人間ではなかったと、わかったはずなのに。

「検査は受けていますから」

「調子が悪ければその都度検査するものだ。黙っておいてほしいなら、他言はしない。なんの検査をすべきか知りたいから、病名教えてくれない?」

「それは……」

どうしても言いたくない。綾瀬先生は専門外だけれど、もちろん知識もあるし、少し調べればいろいろなことが明らかになってしまう。

「もしかして……小日向と別れたことに関係してる?」

綾瀬先生は、洞察力に優れていて勘の鋭い人だ。だからこそ、一刻を争う傷病者の状態をいち早く見抜き、処置できる。

それを尊敬しているが、困る日が来るとは思わなかった。

「小日向には黙っておくと約束する。だから、俺に話してみない?　ストレスって、いろんな病気を引き起こすんだよね。誰にも話せなくて、我慢してきたんだろ」

そこで泣いたらそうだと認めるようなものなのに、目頭が熱くなる。

『病院まであと九分』

そのとき、整備士から無線が入った。

「了解。上空は南の風三・五メートル。着陸に問題ありません」

『了解』

「もう戻ってくるな。とりあえず、一般的な検査だけしよう。はい、腕を出す。針、怖い？　俺、一応針刺すのうまいよ」

「知ってます」

綾瀬先生が茶化してくれるので、涙が引っ込んだ。

もう隠しておくのは無理かもしれないと思いながら、腕を出す。

「甲状腺ホルモン値を調べてください」

そう言うと、彼は一瞬驚いた顔をしたものの、うなずいた。

「安心しろ。絶対に勝手に小日向に明かしたりはしない」

「はい、よろしくお願いします」

私が頭を下げると、綾瀬先生は優しく微笑み採血を始めた。

綾瀬先生に呼ばれたのはその翌日。

ヘリに乗っていた彼は、デブリーフィング後に「遠野、ちょっと手伝ってくれない」と、ほかの人にはなんの用件なのかわからないように、うまくごまかしてくれた。

カンファレンスルームに入ると、彼はフライトスーツのファスナーを下げた。

「ごめん。ちょっと暑くて」

「もちろん大丈夫です」

今日は九月にしては気温が高く、かつ出動回数も五回と多めで、日没ギリギリまで走り回っていた。

「顔色はよくなったな」

イスに座り、テーブルを挟んだ対面に私を促した彼が言う。

「はい。寝不足でした。申し訳ありません」

「小日向となんかあった？　あいつも昨日はくまができてた」

「いえ……」

あの日のことを伝えるわけにはいかず曖昧に返事をすると、綾瀬先生は話したくないと察したようで「そうか」と終えてくれた。

「それで、検査結果だけど……」

彼はテーブルに検査結果の用紙を出した。いくつか赤字になっていて、正常値ではないのが見て取れる。

「T4とT3は正常値。TSHが高めで、TgAb陽性。いつもこんな感じ？」

「いつもはギリギリ正常値なのですが……」

「そうか。ちょっとごめん」

彼は立ち上がって私の横に来ると、首に触れた。

「顕著な腫れはないね」

「はい」

「甲状腺疾患だったんだね」

再びイスに座った彼は、まっすぐに私を見つめて言った。

「はい」

甲状腺ホルモンの量が正常値範囲内だったため、これまで積極的な治療は受けてこなかった。ただ今回の検査結果はいつもより悪いようだ。

「パイロットを辞めたのはそれで？」

パイロットは、甲状腺疾患で治療を必要とする者は不適合とされる。ただし投薬で症状が安定すれば、再び乗務できる。

「甲状腺に関しては、特に治療を必要とせず経過観察でしたので、ヘリを降りなければならないわけではありませんでした。ただ、倦怠感が強い日があり、筋力の低下も感じて、自主的に辞めました」

万が一にも飛行中になにかあってからでは遅いと決断したのだ。それも、篤人さんのプロ意識を目の前で見ていたからこそ。

「そうだったのか。つらかったな」

そんなふうに共感されると、涙があふれそうになる。けれども、こらえてうなずいた。

「専門医にも相談してみたんだけど……この程度の数値であれば、定期的に検査するなら経過観察でもいい」

「はい、きちんと検査します」

わざわざ専門医に聞いてくれたとは。本当にありがたい。

「わかった。……少し踏み込むよ」

彼は机に腕をつき、身を乗り出してくる。

「妊娠に関して、注意が必要だと言われたね」

彼はドクターだ。否定するのは無駄だとうなずいた。

「たしかに、流早産などのリスクは上がる。でも、甲状腺ホルモン量をコントロールすれば、妊娠も出産もできる。……どうして、小日向との婚約解消を選んだんだ」

彼は篤人さんとの別れの原因がこの病気だと気づいたようだ。

私は綾瀬先生を信じて、すべて打ち明けることにした。

「甲状腺疾患が発覚したのは、別の症状があったからです」

「なに？」

「……卵巣機能が低下しているんです。妊娠は難しいと診断されました」

私がそう伝えると、彼は目を見開いて言葉をなくした。

「もともと生理不順でした。彼と婚約後、生理が来なくなり……妊娠したんじゃないかと喜んだんです。でも違った」

あのときの落胆は、言葉には言い表せない。天国から地獄に突き落とされた瞬間だった。篤人さんが静岡滞在中に産婦人科を受診し、サプライズで妊娠を伝えようとしたら、妊娠できる可能性がほとんどないと告げられたのだから。

「そう、だったのか。それで別れを……」

彼は天を仰ぎ、大きく息を吐き出した。

「病気について、小日向には話さなかったのか？」

「彼、子供が大好きなんです。甥《おい》っ子のこともすごくかわいがっていて。私たちにも当然そういう未来があるんだと思っていました。でも、難しいと知って……」

こらえきれなくなった涙が頬を伝う。すると綾瀬先生は眉をひそめてうなずいた。

「小日向さんの未来を奪っちゃいけないと思いました。その判断が正しかったかどうかなんてわかりません。でも、ほとんど妊娠の可能性がないと伝えても、彼は私を突き放したりしないと思ったんです。だから……」

「だから、自分から身を引いたんだな」

綾瀬先生の言葉にうなずいた。

篤人さんが優しい人で、常に私のことを優先してくれるとわかっていたからこそ、自分から離れなければと思った。

「浮気したとか言ったんだろ。そんな嘘までついて……。どれだけつらい思いしてるんだ」

彼は無念の表情で語る。

綾瀬先生にすべてを打ち明け、張りつめていた気持ちが緩んだのか、涙が止まらなくなる。

「ごめんなさい」

手で顔を覆いながら謝罪すると、彼は隣にやってきて、慰めるように肩をトントンと叩き、しゃがみ込んで視線を合わせた。

「それで、先日はなにがあった」

「小日向さんがまだ私を好きでいてくれると知って、もう付きまとわないでって……」

正直に打ち明けると、彼は大きなため息をついた。

「本当に小日向のことが大切なんだな」

私は小さくうなずく。

「でも、小日向もそうだぞ。だからこそ離れたんだろうけど……ふたりとも不器用すぎる」

不器用なのは認める。不妊であることを打ち明けて子供をあきらめたとしても、幸せに暮らしていたかもしれない。ただ、篤人さんにはほかにも選べる道があると考えたら、一緒にはいられなかった。

「小日向、遠野を少し休ませられないかと、さっき会社と交渉してた」

「えっ？」

「CSの待機要員を回してもらえることになったはずだ。明日から休めるんじゃないかな」

慌ててスマホをチェックすると、会社から数回の着信と、メールが入っていた。メールには、たしかにもともとの休みと合わせて四日間の休暇を認めると記されている。おそらく、勤務のローテーションを変更してくれたのだと思う。

「小日向さんが……」

「緊急時でない限り、待機要員は回せないと一度は断られたみたいだけど、『緊急時だ！』と声を荒らげてた。愛されてるんだよ、遠野は」

綾瀬先生の言葉に、一旦は止まっていた涙が再びあふれてくる。

「いろんな事情はわかった。でも、やっぱり小日向と嘘偽りなくぶつかったほうがいい。遠野がこのまま別の道を歩いたほうがいいと思うなら、それもひっくるめて伝えてみろ。小日向がどんな人生を歩むのか決めるのは、遠野じゃないぞ。小日向自身だ」

その発言に頭を殴られた。篤人さんの重荷になりたくない一心で別れを選択したけれど、本当に間違っていなかったのだろうか。もしかして私は、身勝手な判断をしたのかもしれない。

でも追い詰められていたあのときは、別れしか思い浮かばなかった。

「あとひとつ。仕事は辞めさせないぞ。遠野がいないと俺たちはすごく困る。代打で入ってくれるCSももちろん優秀だけど、遠野はこの地域の病院を知り尽くしているし、俺が搬送先に悩むと、すっと候補の病院を並べてくれる。それができるのは遠野だけだ」

まさか、仕事を辞めようとしていることまで見破られているとは。

温かい励ましの言葉に、再び涙腺が緩んだ。

「私は甘えてばかりですね」

「俺たちも遠野に甘えてるんだから、当然の権利だろ。遠野は難しく考えすぎなんだ。もっと自分の欲望に忠実になってごらん。少しくらい周りを振り回したっていい。ドクターヘリチームの仲間は、そんなことで遠野から離れたりしないぞ」

「綾瀬先生……」

ドクターヘリにかかわる人たちは、本当に心優しい人ばかりだ。今回も体調を崩した私を心配して、『無理するな』とか『大丈夫？』と声をかけてくれた。

「とにかく、一旦休憩。あっ、体が平気なら、明日少し時間もらえる？」

「はい、大丈夫です」

綾瀬先生は突然スマホを取り出して、どこかに電話をかけ始める。

「もしもし、俺。明日、時間ある？……うん。それじゃあ十一時半で」

なんなのだろう。彼の表情がほころんでいる。

電話を切った彼は、口を開いた。

「奥さん」

「あ……」

篤人さんの彼女だと誤解したあの人だ。

「美容師やってて、ここにも訪問美容に来てるんだけど、明日休みなんだ。それで、ずっと遠野に会いたいと話してたから」

「私に？」

どうして私なのか不思議で首を傾げると、彼はクスッと笑った。

「ローズパレスのこと、小日向から聞いた？」

「挙式されると……。おめでとうございます」

「サンキュ。それでドレスを迷ってるんだよ。なかなか決められなくて、相談できる人が欲しいと言うんだ」

それで私に？　たしかにドレスはたくさん試着したけれど、挙式に至らなかったのにいいのだろうか。

「私でお役に立てますか？」

「うんうん、頼むよ。京香《きょうか》、ヘッドマッサージがうまいから、ついでにやってもらいな。ひとりでいると思いつめそうだから、今はなにも考えずにリラックスしたほうがいい」

それで誘ってくれたのか。ドレスの話は口実なのかもしれない。

「うれしいです」

「めちゃくちゃ優しいやつだから、なにも心配いらないぞ」

綾瀬先生の耳がほんのり赤いのは気のせいではないだろう。奥さまのことをそんなふうに言える彼の株がますます上がった。


翌日は、綾瀬先生のマンションにお邪魔することになった。手土産のケーキを手に訪ねると、大きな目が印象的なきれいな女性が出迎えてくれた。

篤人さんの部屋の前で見たのは、間違いなく彼女だ。チョコブラウンの艶のある髪に見覚えがある。

「いらっしゃいませ」

「お招きありがとうございます」

「いえいえ。海里くんが無理言いましたよね。ごめんなさい」

綾瀬先生は幼なじみだという。

「とんでもない。ちょっと落ち込んでいたので、気遣ってくださって」

「ヘッドマッサージ希望なんですって？　ごはん食べたらやりましょうね」

白い歯を見せる彼女は、広いリビングに案内してくれた。

奥さまの京香さんとは、デリバリーしてくれたイタリア料理を食べながら、すぐに打ち解けた。どうやらひとつ年上のようだけれど、仲良くしたいから敬語はなしと言われて、甘えることにした。

食事をしながらドレスの話で盛り上がり、迷っていたふたつのうち、マーメイドラインのものに決めたようだ。

綾瀬先生の話通りとても優しくて笑顔がチャーミングな人で、初めて会ったのに、すっかり意気投合している。あっという間に仲良くなった綾瀬先生と篤人さんも、そうだったのかもしれないなと感じた。

「落ち込んでたって……。私でよければ吐き出してみない？」

京香さんは私を心配しているようだ。告白するかどうか迷ったけれど、綾瀬先生はすべて知っているのだから話しても問題ないと思い、篤人さんとのいきさつを打ち明けた。

食後にコーヒーを淹れてくれた彼女は、難しい顔をしている。

「真白さんが結婚をためらった気持ち、少しわかるな。もちろん、夫婦に子供がいることだけが幸せとは限らないし、本人たちがそれでいいなら全然問題ない。うちのお客さまにもお子さんのいない五十代の女性がいるんだけど、旦那さまといつも一緒に旅行に行って、幸せそうだよ」

「うん……」

「でも……もし私が真白さんと同じ立場だったら、海里くんには子供を授かれる別の未来も選択できると考えちゃうだろうなと思ったの。海里くんがほかの人と結ばれるなんて、考えるだけでも嫌だけど、彼が私を放り出したりしないとわかってるからこそ、自分から身を引かなくちゃと思いつめる気がする」

なにもかもその通りだ。京香さんも私が篤人さんを想うのと同じぐらい強い気持ちで、綾瀬先生を好きに違いない。

「だから、きれいごとを言うつもりはないんだけど……」

彼女はそう前置きをして、私に強い視線を注ぐ。

「小日向さんの人生はもちろん大事。でもそれと同じように、真白さんの人生も大事だと思うよ」

「私の、人生……」

「そう。大好きな人が自分を大切にしてなかったら、悲しいでしょう？　真白さんは、小日向さんに一度きりの人生を大切にしてほしいから、別れたんでしょう？」

そう言われると、言い返す言葉もない。

「真白さん、小日向さんのこと、今でも好きなんだよね？」

京香さんの言葉に、うなずいてしまった。もう隠しておけないほど篤人さんへの気持ちが膨らんでいるのだ。

「全部本音を明かしてしまえばいいのに。小日向さんが好きだけど、幸せになってほしいから一緒にいられないって。実は私も海里くんに遠慮があって、ずっと気持ちを隠してたの。だけど、ぶつかったから今がある。すごく怖かったけどね」

まさかふたりにもすれ違っていた時間があるとは。

「小日向さんがどんな道を選ぶかわからないけど、それで万が一別れが確定的になっても、きっと前に進める」

そうかもしれない。篤人さんは『納得できる引導を渡してくれ』と私に言ったが、彼は二年経った今でも、別れに納得できない部分があるのだろう。

「でも私、ふたりはうまくいくと思うんだけどな」

「どうして？」

「少し前に、海里くんと一緒に小日向さんの家にお邪魔したの」

私が篤人さんの彼女だと誤解したときの話だ。

「婚約がうまくいかなかったことがあるのに、結婚式の話なんてして平気なの？って海里くんに何度も確認したんだけど、問題ないとばかり。その理由が、小日向さんに会ってわかった」

彼女は優しい笑みを浮かべて続ける。

「だって、ずーっと真白さんの自慢話で、全然あきらめてないんだもん」

「嘘……」

とんでもない理由に、目が飛び出そうになる。

「ウエディングドレスを試着したときの写真もたくさん見せてもらったの。ドレス姿の真白さん、すごく素敵だった。小日向さんが、世界一きれいだって目尻を下げて言うから、海里くんが『それならお前も式を挙げればいいじゃないか』って茶化したの。でも小日向さんは真剣にうなずいてて、本気っぽかった」

「篤人さんが……」

「海里くんが、『愛が深すぎて次元が違う』と話してたけど、私もそう思う。小日向さんは、赤ちゃんが欲しいから真白さんを好きになったんじゃないよ」

「そっか……」

　そんなあたり前のことを、こうして言われないと気づけないなんて。私自身が妊娠を希望していたのもあるけれど、それが難しいと宣告されて絶望してしまった。

「体のこと、もう一度調べてみない？　海里くんが以前勤めてた病院――」

「野上総合？」

「そうそう、野上。あそこは最先端の医療技術があって、たしか不妊に関しても野上でしか行っていない治療法があると聞いたことがあるの」

　それを聞き、希望が膨らむ。ただ……。

「私は卵子の状態が悪くて、妊娠はあきらめましょうと病院ではっきり言われたの。もうずっと生理もなくて……」

「もちろん過度な期待はよくないけど、赤ちゃんを望んでいて、妊娠の可能性が少しでもあるなら、試しに一度受診してみるのもありだと思うけどな。やらないで後悔するよりいいでしょう？」

　彼女の言う通りだ。妊娠が難しいのには変わりないだろうけれど、まだやれることがあるのだと視界が開けた。

「そうしようかな」

「うん。海里くんが紹介してくれるはず。彼に話してもいい？」

私はうなずいた。

「実は綾瀬先生には、昨日病気について打ち明けたの。最近いろいろあって落ち込んでたから、京香さんに会わせてくれた気がする」

間違いない。ひとりで悶々《もんもん》と悩んでいるより、彼女と話ができて心が軽くなった。

「そうだったんだ。伝えておくね。それじゃあ、真白さんがやることはひとつだね。ちゃんと小日向さんと話をしようよ」

「そうする」

覚悟が決まった。妊娠できてもできなくても、くよくよ悩む人生は終わりにして、私は私を大切にしたい。

京香さんに会えてよかった。

「よし、ヘッドマッサージして、すっきりしよ。あっ、髪も整える？　海里くん、よく家で切ってるんだよ」

「美容院行けてないから、うれしい」

私が笑うと、京香さんもうれしそうに目を細めた。

その晩、私は篤人さんにメッセージをしたためた。彼は明日休みのはずなので、時間をもらおうと思ったのだ。

緊張で震える手でそれを送信すると、すぐに既読がついて、なんと返事があるのかと心臓が口から飛び出てきそうになる。

彼を傷つけた言葉の数々を謝罪して向き合うと決めたものの、どんな結果に転んだとしても、正直怖い。人生、なにが正解なのかわからないからだ。

【今から会える?】

すぐに戻ってきたのは、そんなメッセージだった。

【はい。お部屋に行きます】

そう返して、深呼吸してから向かった。

いつだったか、『一緒に住む?』と聞かれて、どれだけうれしかったか。

篤人さんの部屋の前に立ったものの、なかなかチャイムを鳴らせない。何度も呼吸を繰り返して気持ちを落ち着けようとしていると、ドアが開いてTシャツにジーンズ姿の彼が顔を出した。

「真白」

あんなにひどい言葉で彼を拒絶したのに私を呼ぶ声が相変わらず優しくて、胸がいっぱいになる。

「急にごめんなさい」

「明日休みだし、構わないよ。上がって」

私はうなずいて、足を踏み入れた。

「髪、切ったの？」

三センチほど切って整えただけなのに、どうしてすぐに気がつくのだろう。

「京香さんが切ってくれて」

そう伝えると、彼は一瞬驚いた顔をしたものの、すぐに笑顔でうなずいた。

「そうか。綾瀬もいつも切ってもらってるらしいからね。適当に座って。コーヒーでいい？」

「コーヒーはいいです。お話が……」

「うん」

彼は深刻な様子の私に気づいているらしく、神妙な面持ちでうなずいたあと、ソファに私を促して隣に腰かけた。

「どうした？」

「……私、篤人さんにひどいことばかり言って、ごめんなさい」

謝って済むようなことではないけれど、頭を下げるしかできない。

「真白の本心じゃないのはわかってる」

驚いて視線を合わせると、彼は私を安心させるかのように微笑んだ。

「あんなにつらそうな顔して、慣れない汚い言葉まで使って……。真白はさ、不器用なんだから、嘘なんてすぐにバレるんだよ」

「なんで……」

「ん？」

「なんでそんなに優しいの？」

彼が冷たい人なら、未練もなく忘れられたのに。

「そうだなあ。真白が好きだからかな」

篤人さんは屈託のない笑顔を見せた。

そのひと言を聞いて、胸に熱いものがこみ上げてくる。

私も、好き。あなたが世界で一番好き。

「婚約破棄のときも……」

あれからずっと振り回してしまった。

どんな反応があるのか怖くて声が途切れたものの、彼はじっと私を見つめたまま待ってくれる。

「浮気は嘘です」

「知ってる」

「ごめんなさい。悪い女になりきれなかった」

完璧に悪女を演じられれば、もしかしたら彼は今頃新しい幸せをつかんでいたかもしれない。そう思う一方で、今でも私を想ってくれているのがうれしくてたまらない。

結局、私は弱いのだ。篤人さんのためだと思いながらも、彼への気持ちを封印できず、中途半端な対応をしてしまったのだから。

「どうして、悪い女になろうと思った？」

「……私、病気を抱えていて」

思いきって話し始めると、彼は膝の上の私の手を握る。

「今は？　今もつらい？」

うつむく私の顔を覗き込み、本気で心配してくれる彼に、首を横に振った。

「大丈夫。綾瀬先生が採血してくれたけど、経過観察で大丈夫そうだから。でも、ストレスとか過労とかで、具合が悪くなることはあるの」

「そうか。綾瀬が……」

「綾瀬先生には私が黙っておいてほしいとお願いしたの。だから……」

「わかってる。それで、なんの病気なんだ？」

彼はまるで自分のことのように顔をゆがめる。

「甲状腺ホルモンが少なくなる自己免疫疾患で」

「甲状腺……。パイロットの健康診断にその項目があったような……」

彼も常に健康診断を受けているので、詳しいのだ。

「うん。ただ、治療を必要とするほどではなかったし、もしお薬を飲んだとしても、症状が安定すればパイロットは続けられた。だけど、体調にむらがあって、安全のためにパイロットはあきらめたの」

そう告白すると、肩を引き寄せられて抱きしめられた。

「そんな……そんなつらい決断をしたときに、俺はそばにいてやれなかったのか」

そうじゃない。彼を遠ざけたのは私。

彼の腕の中で首を横に振る。

「ヘリを降りなくてはならなかったのは残念だけど、後悔はしてない。篤人さんたちを見ていると、やっぱり体力的にドクターヘリは難しかったと思う。でも、今でも空にかかわる仕事ができているから――」

「強がらなくていい」

私の言葉を遮る彼は、私の無念なんてお見通しなのだ。

「本当は……私も、ドクターヘリに乗りたかった」

本音を口にした瞬間、涙があふれてきて、彼の胸を濡らした。

彼は声を抑えて涙を流す私の頭を引き寄せて、泣かせてくれる。

しばらくして感情の大きな波が収まってくると、彼が口を開いた。

「それで……飛べなくなって、俺と一緒にいるのがつらくなったの？」

「違う」

もちろん、飛べる彼をうらやましいと思ったことはある。でも、それ以上の尊敬があって、篤人さんをずっと応援していた。

「その病気が発覚する前に、せ……生理が来なくなって」

「えっ？」

驚いた声をあげる彼は、背中に回した手の力を緩め、顔を覗き込んできた。

「排卵がなくて、妊娠できる確率が五から十パーセントしかないと言われたの。自己免疫疾患に合併することが多いらしくて、甲状腺の不調もそう。私が受診した産婦人科では、まず妊娠は無理だからと不妊治療すら受け付けてくれなかった」

とうとう明かしてしまった。

篤人さんは目を見開き、微動だにしない。

彼の次の言葉を聞くのが怖くて、震えそうになる。けれど、通らなくてはならない道だ。彼は引導を渡してくれと話していたが、私も引導を渡されたい。

「それもひとりで抱えてたのか……」

篤人さんは私をまっすぐに見つめて、声を振り絞る。

「気づいてやれず、本当にすまない。静岡にいる時間が長くて、寂しい思いをさせていただけじゃなかったんだな。ずっとそばにいれば、気づいてやれたかもしれないのに」

彼はなにも悪くないのに、まさか謝られるとは……。

「ううん。寂しかったのは本当だけど、篤人さんにドクターヘリをあきらめてほしいと思ったことは一度もないよ。むしろ、過酷な仕事に取り組む篤人さんをずっと尊敬してたし、婚約者としては鼻が高かった……」

そこを誤解されては困ると、語気が強くなる。

「そうか。ありがとう」

彼は微笑んでいるような、その一方で苦しげな複雑な表情で語る。

「それじゃあ、俺が嫌いになったわけじゃないんだな」

私は大きくうなずいた。彼を嫌いになるなんて、これまでも一度もないし、これからも絶対にない。

「真白。今から出かけられる？」

「どこに？」

「役所。婚姻届出しに行こう。あっ、ダメか。証人がいる」

婚姻届って……私と結婚するつもりなの？

「……篤人さん、赤ちゃん欲しいでしょう？　ずっとそう言ってたじゃない」

「欲しくないと言ったら嘘になる。でも、真白がいないと俺の人生は暗闇の中だ。俺が欲しいのは、真白だよ。赤ちゃんはそもそも授かりものだ。授かればうれしいけど、難しいからって真白から離れたいとは思わない」

そんなの、強がりだ。きっとあとから後悔する。

「篤人さんの友達が、パパになっていくんだよ。やっぱり欲しかったって、きっと思うよ」

そのときに放り出されるくらいなら、今振られたほうが傷が浅くて済む。

「うーん」

彼が難しい顔をして考え込むので、胸が痛い。別れるべきだと思いながらも、離れたくないという矛盾した気持ちが私を苦しめてくるのだ。

「だからって、真白をあきらめろと？」

「えっ……」

「他人のことなんてどうでもいい。俺たちが幸せなら、それでいいだろ？」

篤人さんは、強い視線で私を縛る。

「篤人さんは優しいから、私に赤ちゃんができないと知ってもそばにいると言ってくれると思った。だからこそ、婚約の解消をお願いしたの。篤人さんにはほかに選択肢があるのに、私のせいで理想の未来をあきらめることになったら……って怖いの。だから、結婚できない」

何度も彼を拒否するのがつらい。

けれど、彼の優しさに甘えてばかりではいけない。

「夫婦って、子供を授かって育てることだけが正解じゃないよね。結婚は、互いに必要だから一緒に生きていこうという契約だ」

「わかってるけど……」

そんなに簡単に割り切れるものなのだろうか。

たしかに、子供を持たない選択をする夫婦もいるし、不妊治療の末断念する人もいる。京香さんや篤人さんが言うように、子供がいる生活だけが正解なわけではない。でも、彼は子供を切望していたのだ。それなら、最初から授かる可能性がまずないと宣告されている私を選ぶ理由がない。

「正直に言うよ」

彼は表情を引き締めて、私に真摯なまなざしを送る。

「俺、子供好きだし、真白との子が欲しいと思ってた。だから、子供ができにくいと聞いて驚いたよ。でも、がっかりしたわけじゃないんだ」

彼は私の手を励ますようにしっかり握りしめた。

「がっかりするとしたら、浮気したと嘘までついて俺を守ろうとしてくれた真白をあっさり手放した自分にだ。苦しい思いを全部真白に背負わせておいて、好きだのなんだの、そんなことしか考えてなかった自分が恥ずかしい」

「だってそれは……」

知らなかったのだから、彼に罪はない。

「誤解しないで。俺は真白に同情してるわけじゃない。ただ、愛してるだけ」

「篤人さん……」

不妊を告げても、まだ愛を向けてもらえるのがうれしい。けれどそれと同時に、一時の感情に流されて選択を間違えてはならないという緊張感も漂った。

「五パーセントでも可能性があるのなら、妊娠をあきらめる必要はないよね。それにもし授かれなかったとしても、ふたりで生きていくのは嫌？」

「だって、篤人さんはほかの人と結ばれれば、すんなり赤ちゃんを抱けるかもしれないんだよ」

あたり前の顔で私との未来を模索する彼に、少しむきになる。

「それは、ほかの人と結ばれればの話だろ？　だとしたら、ゼロパーセントだ。真白が妊娠する確率より低い」

どうしてそんなふうに断言できるのだろう。これから好きな人に出会えるかもしれないのに。

「俺が裏切ると思ってる？」

その質問に、ハッとした。

ここまで言われてまだ拒否するということは、そうは言ってもいつか捨てられるという不安でいっぱいだと主張しているのと同じだ。

「だって……未来のことなんてわからないじゃない」

「それじゃあ、俺と真白の未来もわからないな。どのくらい幸せになれるか、わからない」

彼はそう言って、優しく微笑む。

どのくらい幸せになれるかって……幸せになれることは確定なの？

「真白は俺の人生を壊すかもしれないと怖いんだろ？　だけど俺は、真白のいない人生に不安しかない。どっちに転んでも不安なら、行きたい道を進んだほうがいい。もちろん、俺は真白を全力で幸せにするつもりだし、真白がそばにいてくれれば、どんないばらの道でも突き進んでみせる。俺に全部任せろ」

彼の気持ちが胸に響いてきて、視界がにじむ。

「俺を不幸にしたくないなら、一緒にいてくれ。真白が隣にいなかったこの二年、どこにも進めなかった。新しい人生設計をしようと思っても、真白がそばにいる光景しか頭に浮かばなくて、苦しくて」

「苦しい？」

篤人さんも苦しかったの？

「一番大切な人を手放した後悔で、すごく苦しかった。浮気相手と一緒になりたいと聞いたときは、そりゃあ頭に血が上ったけど、すぐに嘘だとわかった。本社の同僚に真白の話をさりげなく聞いても、男の影なんてまったくないし。それで次に考えたのは、そんな嘘までついて別れたいほど、俺に愛想をつかしたんだろうなということだった」

「それは絶対にない」

私は首を何度も横に振り、否定した。

彼のためによかれと思って悪女を演じることにしたのだけれど、まさか早々に嘘を見破られていたとは予想外だった。そのせいで彼を苦しめてきたとしたら、私はどれだけ罪深いのだろう。

「あの頃は、それしか考えられなくなって。真白が目の前でどんどん壊れていくから、別れたほうがいいと自分に言い聞かせたんだ。でもやっぱり未練たらたらで、後悔しかなくて……」

「ごめんなさい。私のせいで……」

「いや。後悔して正解だった。真白をあきらめなくて、本当によかった」

苦しんだのに、後悔してよかったなんて。

篤人さんの優しさは、今も昔も変わらない。

「俺、しつこいんだ。そろそろあきらめてくれない？」

彼はそっと頬に触れてくる。

「好きだよ。いや……愛してる」

熱い愛の告白に、感動の涙が流れる。

「篤人さん……愛してます」

もう我慢できなかった。

私を丸ごと包んでくれる彼の愛を信じたい。彼とふたりで、幸せな未来を歩きたい。

そのための努力なら、なんだってする。

胸の内をさらけ出すと、すぐに唇が重なった。何度もキスをしたことがあるのに、こんなに心が震えるのは初めてだ。

ゆっくり離れた彼は、優しく微笑み口を開く。

「大事なこと忘れてた」

彼はソファから下りて床に跪《ひざまず》く。そして私の手を握って続けた。

「真白。俺と結婚してくれ。必ず幸せにするし、俺も幸せになる」

「篤人さん……」

「病気のことは、俺も一緒に考えていく。もう真白をひとりにはさせない」

人生で二度目となるプロポーズを、同じ人の口から聞ける私は、なんて幸せなのだろう。

「はい。私でよければ」

「あはは。一回目と同じ返事」

そんなことまで覚えているとは。

私たちは顔を見合わせて笑い合った。


その晩は、彼に抱かれた。

「つらくない？」

「うん、平気」

私の肌に大きな手を滑らせる彼は、盛んに心配してくれる。

「それじゃあ、これは？」

「……っ、あっ」

胸のふくらみをすくわれて、その頂に舌を巻きつけられると、思わず声が出てしまう。

「変わらないな」

「えっ？」

「感じやすいところ」

そんな恥ずかしい指摘をされても、なんと答えたらいいかわからない。

「あっ、や……」

私が悶《もだ》える姿を楽しんでいるかのように、今度は視線を絡ませたまま、ツンと主張する胸の尖りを指でもてあそぶ。

「気持ちいい？」

耳元で甘くささやかれ、さらには耳朶《みみたぶ》を甘噛みされては、全身の力が抜けてしまう。

そうだった。セックスのときの彼は少し意地悪で、私をいじめる。それが恥ずかしくてたまらないのに、強引に攻められるとたちまち体が火照り、彼を受け入れる準備が整う。

「違っ……」

「違わないだろ。だって、ほら」

「んふっ……」

再びそれを口に含んだ彼が、今度は舌で転がし始めるので、勝手に背が弓なりにしなる。

「体は正直だな。もう全身真っ赤」

わかってる。でも恥ずかしいから、言わないで。

「もっと、声聞かせて」

とんでもなく艶《あで》やかな視線で縛る彼は、私の唇を指でなぞる。

「ほかの男になんて、絶対に渡さない。真白、好きだ」

「……私も、好き」

再び彼に愛を伝えられる日が来るなんて。もう胸がいっぱいだ。

「ああ、ダメだ。真白を抱けるのがうれしすぎて、歯止めが利かなくなりそうだ」

彼は気持ちを落ち着かせようとしているのか、はーっと大きく息を吐き出した。

「いいよ……」

「ん？」

「もっと……もっとめちゃくちゃに、して」

もっと彼に愛されたい。理性なんて一滴も残らないくらい、激しく抱いてほしい。

「人がせっかく……」

怒ったのか険しい顔をする彼は、私のまぶたにキスを落とす。

「久しぶりだから優しくしようと思って、必死に我慢してるのに。真白が煽ったんだからな。朝まで眠れると思うな」

「いや、それは……あんっ」

途端にケダモノになった篤人さんは、それまでとは打って変わって、少々荒々しく胸を揉《も》みしだき、ピチャピチャと音を立てながら舐《な》め回す。

「……はっ、あああっ……」

全身が溶けてしまいそうなほど気持ちがよくて、枕をつかんで快楽の沼に沈んだ。

「もう我慢できない」

「んあっ」

恍惚《こうこつ》の表情を浮かべる彼は、一気に私の中に入ってきた。

「ああ、やばい」

眉間にしわを寄せて目を閉じる彼は、しばらく動こうとしない。

「篤人、さん？」

「今、幸せを満喫してるんだ。ご要望通りめちゃくちゃにしてやるから、ちょっと待てろ」

彼がとんでもないことを口走っているのにうれしいなんて、おかしいだろうか。

「私も、幸せ。……あっ」

彼はさらに腰を送り込み、最奥《さいおう》をえぐる。

「もう、容赦《ようしゃ》しない」

彼はそう言いながら私の唇をふさぐと、激しく腰を打ちつけだした。

「あっ、やっ……今、ダメ……」

何度も何度も高みに誘《いざな》われ、そのたびに体を震わせても、彼は動きを緩めるどころか加速してくる。

「ダメじゃないだろ。もう一回イケばいい」

「そ、んな……あああっ」

敏感な部分に触れられて、彼の言った通りになる。髪を振り乱し、ただただ与えられる快感に悶えた。

「もっと狂え。全部忘れて、俺だけ見てろ」

全身が熱くて、燃え尽きてしまいそうだ。それなのに、離れたくなくてしがみつく。

すると彼は一旦動きを止めてつながったまま私を抱き上げ、向き合った。

「なあ、真白。セックスは子供をつくるためだけにするものじゃない。こうやってつながってると、幸せだろ」

「……うん」

「もっと幸せにする。約束だ」

「あぁっ」

下から突き上げられた瞬間、再び達してしまった。

その晩は、何度も何度もつながった。互いに疲れてきて、激しさは次第に鳴りを潜めたものの、ゆっくり、そして優しく抱いてくれる篤人さんに溺れた。

散々私を翻弄した彼は、まるでスプーンがふたつ重なるように、背中から私を抱きしめて密着してくる。

「もうずっとこうしてたい」

「ダメ。篤人さんの凛々しいパイロット姿、見たいから」

彼が引き締まった表情で操縦かんを握る姿は、何度見ても見惚《みと》れてしまう。

「仕事中の凛々しさは、真白に負けるけどなぁ」

「じゃじゃ馬だって言いたいんでしょ」

「バレたか。……俺、真白の分も精いっぱい飛ぶから。真白は俺をサポートしてくれ。いろんなCSと組んだけど、一番厳格で、でも信用できる」

信頼されるというのは責任も伴う。けれどその責任は、これからも逃げずに背負うつもりだ。

「そういえば、私のお休みを交渉してくれたって聞いたよ。ありがとう」

私は彼のほうに向き直ってお礼を言った。

「当然だろ。後輩の体が悲鳴をあげてるんだから。本社の担当者がローテをいじるのが面倒そうだったけど、もしほかのCSからSOSを出されたら、真白は喜んで飛んでいくだろ？」

「もちろん。持ちつ持たれつだから」

CSの仕事は常にひとりでこなさなければならないが、臨海総合医療センターにかかわっているCSはほかにふたりおり、そのどちらかがなんらかの事情で急に勤務できないとなったときは、喜んで代役を務める。その逆のケースもあり、今回もそうなのだ。

「現場の人間は理解してる。だから、大丈夫だ。これからも、具合が悪ければすぐに言えよ。真白が今体を壊したら、会社が回らないぞ」

「ありがとう。そうする」

たしかにドクターヘリ業務を担当できるCSは不足気味だ。

「畑中《はたなか》さんがさ、臨海総合の勤務は怖いって言ってるの知ってる？」

「なんで？」

畑中さんとは、今回も代わりに入ってくれた四十代半ばの男性CSだ。ドクターへり業務の経験が豊富で、彼からいろんなことを学んだ。

「真白が完璧すぎて、比べられるのがつらいってさ」

「嘘……」

畑中さんは無駄なくきびきび動いている印象しかないので驚いた。

「ほんと。実はここに来る前から、畑中さんにいろいろ真白の話は聞いてたんだ」

「なにを？」

なにを話されていたのかと気になる。

「そりゃあまあ、あれだよ。真白が仕事ができることはわかってるから……」

「仕事の話じゃないの？」

仕事の話ではないとしたらなんなのだろう。濁す彼に詰め寄る。

「男の気配はどうだとか。よく考えたら、ストーカーだな」

「え……」

たしかに畑中さんに『彼氏いないの？』と聞かれたことはある。彼の奥さまの話をしたあとだったので、なにも考えずに『いないですよ』と答えたけれど、もしや探りを入れられていた？

「言い訳はしない。ストーカーです。ごめん」

潔《いさぎよ》すぎる謝罪に笑ってしまう。

「本当にまずいよ、それ。ほかの人にしたら、許さないから」

何気なく言うと、彼はなぜかにやりと笑う。

「俺を縛りたいってこと？」

「はいっ？」

「安心しろ。俺は真白だけの男だ」

叱られているのにうれしそうに声を弾ませる彼は、私を引き寄せてあっという間に唇を重ねた。

昔と変わらず甘々の篤人さんに、とろけてしまいそうだ。それに、本当に彼が私だけの旦那さまになるのだと、感慨深い。

「そういえば綾瀬が、結婚式と披露宴に来てくれって」

「私も京香さんに招待されたの」

まさか、こうして結ばれた篤人さんと参列できるとは思わなかった。

「綾瀬の言う通りになったな」

「なに話してたの？」

「お前たちは近いうちによりを戻すと断言してた。占い師かって笑ってたけど、有能な占い師だった」

「ふふっ」

そういえば、京香さんも『ふたりはうまくいくと思うんだけどな』と話していたっけ。

「あっ、綾瀬先生に野上総合への紹介状を書いてもらうことにしたの」

「本当か？」

「私のような患者の不妊治療は難しいからお断りという病院ばかりなんだけど、野上は専門の外来を持っていて、出産に至っている人もいるみたい」

「そうか。まだ希望があるじゃないか。……でも」

彼はむくっと起き上がり、私の顔の横に両手をついて見下ろしてくる。

「俺は真白が一番大切。真白の心や体が悲鳴をあげるなら、無理して治療しなくていい」

「うん、わかってる」

「それと、過度の期待は禁物だ。そもそも俺がいるんだから、満足だろ」

俺さま発言に、笑みがこぼれる。

「どうかなぁ」

「あれっ、まだ満足してないの？　しょうがないな」

「えっ……。篤人さん？」

彼がいきなり布団の中に潜るので。目をぱちくりさせる。

「俺、あと三回はいけるぞ」

「ちょ……っともう無理」

散々啼《な》かされた体は、ガクガクだ。

「それじゃあ、動かなくていいから、喘《あえ》いでて」

「やっ……。ん……あっ」

長く離れて忘れていた。彼の体力が底なしだということを。

昼過ぎまで眠った翌日は、ふたりでのんびり過ごした。無理をさせすぎたと彼が言うので、食事も作らず、デリバリーや外食で済ませた。

「体を休めるために休暇をもらったのに、交渉した俺がハードなトレーニングを課したとバレたらまずいな」

「トレーニングって」

ソファで紅茶を飲みながら、篤人さんがおかしなことを言うので噴き出す。

「黙っておけよ」

「言えるわけないでしょ」

朝まで激しいエッチをしていましたなんて、誰に申告するのよ。

くたくただけど心が満たされたからか、倦怠感はなくなっている。病気が発覚したとき、ストレスは大敵だとドクターに言われたけれど、その通りだった。

「でも、反省してる。これからは健康管理もきちんとやる」

今までも、気をつけてはいた。ただ、精神的な面ではうまくリラックスする方法を見つけられていなかったような気がする。

「うん。俺もできる限り手伝う。それで、いつ引っ越してくる？」

もう引っ越しは確定らしい。結婚するのだからあたり前か。

「すぐ……でもいい？」

生活用品や家電はほとんどそろっているので、とりあえず身の回りのものだけ運べば生活できる。なにせ、同じマンション内なのだから。

何気なく尋ねたのに、いきなり抱きしめられて目が点になる。

「どうしたの？」

「引っ越さないと言われたらどうしようかと思った」

半強制的な聞き方をしたくせして、ドキドキしていたの？

「ふふふ」

「なに笑ってるんだ」

「篤人さんって、いつも自信に満ちあふれてるのに、時々へなちょこだよね。なんかかわいい」

思った通りのことを伝えると、手の力を緩めた彼ににらまれて焦る。

怒った？

「へなちょこにもなるさ。真白がいなくなったら俺……まっとうな人生を歩める自信がない」

真摯な目で見つめられて、今度は私の胸がドキドキし始めた。

「好きな女を手に入れるのに必死になる男を笑ったらどうなるか、わかってる？」

「え……」

「さすがにふた晩連続で無理させたらまずいと思ったけど……」

「まずいよ、多分」

彼の目が輝くので、なんとか止めなくてはとそんな返事をすると、彼は肩を震わせて笑いだした。

「まずいよな、やっぱり。畑中さんにぶっ飛ばされそう。じゃあ、お仕置きは明日にするか」

「明日？」

「あれっ、今日がいい？」

「明日で……。あ……」

答えてから、彼がにやりと笑うので、乗せられたことに気づいた。しかしあとの祭りだ。

「それじゃあ明日な。どんなのがいい？　全編ハード？　時々マイルド、しばしばハード？　お仕置きだから、ハード抜きはなしで」

どうしよう。体力お化けの彼のハードはなかなかすごい。体力が持つ気がしない。

カチカチに固まっていると、彼は私の顔を覗き込んで意味ありげに微笑んだ。

「キス」

「えっ？」

「真白からキスしてくれたら、全編マイルドをご用意します」

篤人さんは自分の唇に触れて、艶やかな視線を送ってくる。彼にこういう目で見られると、体の隅々まで愛された記憶がよみがえり、全身が火照りだす。

「それはちょっと……」

自分からなんて恥ずかしすぎて無理だ。

「ああ、そう。それじゃあハードモードで」

「それもちょっと厳しいかも……」

もう、いじめないでよ。

「それじゃあ、ここ空いてるぞ」

彼はもう一度自分の唇に触れて言う。しかし、なかなか勇気が出ない。

「真白」

今までふざけていた彼が突然真剣な表情になるので、心臓がドクンと跳ねる。

「ずっと真白が足りなかったんだ。真白でいっぱいにして。俺に堕《お》ちろよ」

もうとっくに堕ちているのに。

言葉で愛は伝えたけれど、彼のように行動では示していない。きっともっと愛を強く感じたいのだと思った私は、ためらいつつも、彼の厚い胸板に手を置く。

「篤人さん。ずっと好き」

そしてそうささやいたあと、目を閉じて自分から唇を重ねた。

緊張で心臓が爆発してしまいそうだ。けれどそれ以上に、幸福で満たされて心が躍っている。

もう何度もこうして口づけをした仲なのに、もっとすごいことをしているのに……これほど心の奥までしびれるとは予想外だった。

つながっているのは唇だけなのに、体も心もとろとろに溶けて、彼と一体化してしまったかのような不思議な感覚に襲われる。

そっと離れてまぶたを持ち上げると、彼の真剣なまなざしに捕まってそらせなくなる。

「もうどこにも行くな」

「うん」

切なげな表情の彼にうなずくと、強く抱きしめられた。

こんなに苦しそうな顔をさせた私は罪深い。

不妊を知ったときにすべてを打ち明けていればよかったのだろうか。でもあのときは、離れれば彼は新しい人生を始められると思った。

傷つけた私を、追いかけ続けてくれた篤人さんに感謝しかない。

感動の余韻に浸っていると、彼は私の耳元でぼそりとつぶやく。

「まずい。勃《た》った」

「は？」

「やっぱり今日も――」

「しません」

バッサリ斬ると、彼が叱られた子犬のようにしょげるのでおかしかった。

大切なもの　Ｓｉｄｅ篤人

　たっぷり休息をとった真白は、元気に仕事に復帰した。

「ご迷惑をおかけしました」

　真白は綾瀬たちフライトドクターやナースに深々と頭を下げる。

「迷惑じゃないさ。大変なときは皆で助け合えばいい。それで……なんでどや顔で小日向が隣に立ってるわけ？」

　綾瀬の鋭い指摘に、真白は目を泳がせている。

「ご報告を。このたび、遠野と婚約しました。今日婚姻届を出すつもりです」

　俺が切り出すと、どよめきが起きる。綾瀬だけは口に手を当て、笑いを噛み殺していた。

「婚約……？　それで、今日結婚？」

　瞬きを繰り返す四十代のベテランの師長は、首をひねっている。俺たちが元恋人だと知らないわけだし、当然の反応だ。

「いい女はすぐに押さえておかないと。ということで、今後遠野に指一本触れないでください」

「ちょっ、小日向さん？」

独身の男性ドクターやナースにくぎを刺すと、真白は慌てふためいている。

「なんだぁ、狙ってたのに」

男性ナースの後藤さんがぼそりと漏らすので、真白は目を丸くしている。彼女は好意を持たれていることに気がついていなかったのだろうけれど、彼が必要以上に彼女に話しかけるのが気になっていて、時折しらじらしく割って入っていた。

それに勘づいたのは、俺も真白と話すチャンスを常にうかがっていたからなのだが。

さっきの言葉は、もちろん彼に向けてのものだ。悪いが、負けるつもりはまったくない。

「あらまあ、失恋したのね。私、空いてるけどどう？」

師長が絶妙のタイミングでそう言うので、ドッと笑いが起こる。

師長はナースとしての能力はもちろんだが、こうして救命救急科の雰囲気を明るくしてくれる素晴らしい人だ。

「あらっ、なんで笑ってるのかしら。私だって恋したいのよ。綾瀬先生に続いて小日向さんまで、幸せになってデレデレしちゃって。仕事はビシバシいくからよろしくお願いしますね」

「はい」

「わかりました」

綾瀬と俺は背筋を伸ばしてそう返事をした。

報告が終わると、師長が真白を抱きしめている。

「よかったわ。遠野さんからひとりで生きていくみたいな気概を感じてたから、ちょっと心配してたのよ。独身の私が言うのもあれだけど」

「師長……」

「小日向さんが万が一浮気でもしたら言いなさい。私がボッコボコにしてあげるから」

「は、はい。ありがとうございます」

師長の迫力に気圧《けお》された真白は、少し困りながらも顔をほころばせている。

真白はここの皆に愛されている。そんな彼女を妻にするからには、必ず幸せにしなければと気合が入った。

整備士と一緒にヘリの整備をしたあと運航管理室に戻ると、真白がなにかの資料を作成している。作業をする横顔を見ていると、ベッドの上で喘ぐ彼女が頭にちらつき、朝から悶々として少々困るが、仕事が始まれば話は別だ。

今日のヘリ当番の綾瀬が、スタッフを集めてブリーフィングを開始した。まず口を開いたのは真白だ。

「本日は学会があり、いくつかの病院の整形外科が受け入れ不可能です。こちらにリストを用意しました。もちろん現場で困られたら、受け入れ可能な病院を折り返します」

「遠野に任せておけば問題ないな。小日向からなにかある?」

綾瀬は俺にも振る。

「今朝は霧がかかっている地域が広範囲にみられます。すでに平地では解消されていますが、山間部では注意が必要です。フライトの際、迂回《うかい》する可能性があることを覚えておいてください」

「こちらでもサポートします」

真白が付け加えると、綾瀬は頬を緩ませる。

「阿吽《あうん》の呼吸だな。頼もしい」

どうやら俺たちを茶化しているようだ。

「世界一のバディなんで、安心して任せてください」

俺がそう答えると、真白は少し恥ずかしそうに視線を落とした。

しかし、俺は本気だ。公私ともに、最高のバディになってみせる。

「これはこれは、ますます頼もしい。それじゃあ、今日もやるぞ」

綾瀬が声をあげると、クルーの目が鋭くなった。


その日の業務は無事に終了した。

真白とともに、帰り支度を始めた綾瀬を捕まえて婚姻届の証人になってほしいと頼むと、あっさり了承される。

「実家の両親とかじゃなくていいの？」

「真白と復縁して結婚すると話したら、母は大喜びで。そもそも別れたとき、逃がした魚は大きいぞって、散々罵《のの し》られたからな、俺」

母も姉も真白を好いていたので、婚約解消を報告したとき『なにやらかしたの！』といきなり母に叱られたのを覚えている。

「罵られた？」

そのときの様子を知らない真白は驚いている。

「そうだ。母さんも姉さんも、真白の味方なんだ」

真白は怖気づいているけれど、普通にしているだけで十分だ。

「それで、実家にサインをもらいに行くまでに逃げられたら困るから、誰かに証人を頼んですぐに結婚しなさいだってさ」

母の慌てっぷりに、隣で電話を聞いていた真白は笑っていた。

「なんて賢明なお母さんなんだ」

「俺もそう思う」

俺たちのやり取りを、真白が笑っている。

「遠野のご両親は？」

「不妊についても打ち明けたので、すごく驚いてましたけど、それでも迎え入れてくれる篤人さんを大切にしなさいって。あとは篤人さんのお母さまと同じ。気が変わらないうちに、すぐに婚姻届を出しなさいと」

電話を代わってもらって話したが、お母さんはこれまでの真白の葛藤を同じ女性として深く理解したようで、電話口で泣いていた。俺に何度も『本当にいいんですか？もう撤回させませんよ』と念押ししてきたのだが、あれはこれ以上真白を傷つけたくないという親心だったように思う。もちろん俺は、ふたつ返事だった。

「責任重大……」

「そうか。それじゃあ」

綾瀬は快くサインしてくれた。

「もうひとりは？」

「師長にお願いしようかと」

「いいね」

綾瀬は俺に婚姻届を差し出しながらうなずいている。そのあと、テーブルに置いてあった封筒を真白に渡した。

「これ、野上への紹介状。改めていろいろ検査があると思うけど……。小日向、ちゃんと支えろよ」

「当然。ありがとな」

「当然」

彼は同じ言葉を返して微笑んだ。

専門外のことなのに、面倒な顔ひとつせず真摯に対応してくれた綾瀬には頭が下がる。

「でも、まずは夫婦を満喫したら？」

「そのつもり。今までできなかったことをやりまくる」

「お前それ、夜の話に聞こえるんだけど」

「それも含めてだ……痛っ」

真白に思いきり足を踏まれて顔をしかめると、綾瀬は白い歯を見せた。

師長にサインをもらったあと、着替えを済ませて職員玄関で待っている真白を追いかけた。すぐに彼女の姿は見つけたものの、誰かと話をしているようだ。相手の姿は見えない。

邪魔をしてはいけないと思い少し離れたところで待っていると、真白が緊迫した声を出すので目を瞠《みは》る。

「篤人さんは、私の旦那さまになるんです。どうか、もう引いていただけませんか？」

近づいていくと、柱の陰になっていた相手が、見合いをした上岡さんだとわかった。

「やば……」

上岡さんのことがすっかり頭から飛んでいて、真白に説明するのを忘れていた。

「ご、誤解です。実家の母からお見合いを勧められてお会いしましたけど、はっきり断られましたし。私、飛行機フェチで」

「飛行機フェチ？」

「真白」

俺が声をかけると、真白は目を丸くし、上岡さんはホッとした表情を浮かべた。

「小日向さん、なにか誤解されているようで」

「上岡さん、ごめん。真白、彼女とはなにもないから」

焦る一方で、真白が彼女をけん制していたことに、にやけそうになる。

「すみません。私、お休みのたびに空港に行くくらい飛行機好きでして。ドクターヘリに乗っているとうかがって、見学したいとお願いしたんです」

「見学……？」

この病院では一年に一度、地域の人にドクターヘリを知ってもらう機会を設けており、その日は業務に当たらないドクターヘリを招いて、大勢の見学者に披露する。それ以外でも申請すれば、ヘリポートに入らないことを条件にいつでも見学できる。ただし、ヘリの中は見せられないが。

学校や競技場のグラウンドなどは、ランデブーポイントに指定されているケースが多い。そのため、競技を中断して協力してもらうこともあるので、地域の理解は必須なのだ。

「こんなに近くで離着陸するのを見たのは先日が初めてで、泣きそうになるくらい感動して」

「それであのとき、涙目だったんですね……」

そういえば上岡さんが前回訪ねてきたとき、『彼女、泣きそうな顔してましたよ』と真白に指摘されたような。あのときは真白をつなぎとめたい一心で、上岡さんのことにまで頭が回らず、しっかり説明しなかった。

あれからずっと気にしていたのだろうか。だとしたら、申し訳ない。

「私、早とちりを。ごめんなさい」

「とんでもない。ＣＳをされている方ですよね」

「はい。ＣＳまでご存じなんですね」

俺たちパイロットやドクターは注目されるが、ＣＳを知っている人はなかなかいないので、真白が驚いている。

「小日向さんに教えていただいたんです。ＣＳの方がいらっしゃるから安心して飛べると。それで、その人と結婚したいと思っているから、ごめんなさいと」

「あ……」

そこまで明かされてしまい、少々ばつが悪い。なにせ見合いをした頃は、真白と恋人でもなんでもなかったのだから。

勝手に結婚と口走っていた俺は、軽蔑されていないか少し緊張しながら真白に視線を向ける。するとどこか照れくさそうにはにかんでいたため、ホッとした。

「今日も満足いくまで見学できました。ありがとうございました。あの、これ」

上岡さんが紙袋を差し出す。

「私が勤める百貨店で北海道《ほっかいどう》物産展をやっていて、バタークッキーです。小日向さんたちの努力で私たちの生活は守られているんだなと、ありがたくて。これからも頑張ってくださいの差し入れです。皆さんでどうぞ」

「お気遣いありがとうございます」

俺がありがたく受け取ると、真白はうれしそうに微笑んだ。

その日。俺たちは晴れて夫婦となった。一度は離れた彼女と、この先の人生を歩いていけるのがうれしくてたまらない。

真白が抱えてきた苦しみを、少しでも和らげられるように支えていくつもりだ。

役所を出ると、どこからか金木犀《きんもくせい》の香りが漂ってくる。

「いい香り」

「ほんとだな。どこで咲いてるんだろ」

この香りをかぐたびに、彼女と結婚できた今日を思い出すなんて、なかなかおつだ。

「見えないね」

あたりを見回した真白がつぶやく。

「子供の頃は、よく友達と香りのもとを探しに行ったなぁ」

懐かしいことを思い出した。

「篤人さんは、子供の頃から飛行機に夢中だったんだよね」

「うん。空ばかり眺めてたな。まさかドクターヘリに乗るとは思ってなかったけど」

同級生の死がなければ、ＦＪＡ航空で大型旅客機を操縦していたかもしれない。けれど、ドクターヘリを選んだことにまったく後悔はない。

パイロットになる夢も叶い、充実した毎日を送れていることに感謝しなければ。

「それともうひとつ夢があって」

「なに？」

首を傾げて俺の顔を覗き込んでくる真白がかわいくて、今すぐにでもキスしたい衝動に駆られる。

「大好きな人をお嫁さんにすること」

「えっ？」

「うちの両親はそんな柄じゃなかったんだけど……仲良く手をつないで歩いてるカッ

プルとか夫婦にあこがれてたんだ」

さすがに恥ずかしくて誰にも打ち明けたことがない夢を語りながら真白の手を握ると、彼女はうれしそうに微笑んだ。

「今日、もうひとつの夢も叶った。真白。じいちゃんばあちゃんになっても、ずっとこうやって手をつないでいてくれないか？」

「はい。よろしくお願いします」

はきはきと、しかしどこか照れくさそうに返事をする彼女が愛おしすぎて、どうにかなりそうだ。

この手は二度と離さない。

帰宅すると、真白は食事を作り始めた。

「疲れてない？」

「大丈夫だよ。座ってて」

背中から抱きつくと、ちょっと迷惑そうだ。それは重々承知しているけれど、どれだけ触れていても真白が足りない。

「なあ」

「なに？」

「上岡さんに嫉妬してた？」

耳元で尋ねると、真白の手が止まる。

「してたんだ」

「してないもん」

そうやってむきになるところもかわいい。

「お詫《わ》びに、今夜はどんな命令も聞くから」

「えっ？」

「足の先まで舐めようか？　それとも、濃厚なキスがいい？」

からかわれているとわかっているはずなのに、真白の耳が赤くなっていく。それを見て、俺のＳ心にスイッチが入るのはいつものことだ。

「激しいのがいいよな」

ああ、たまらない。頬まで真っ赤に染まった。

けれど、余裕があったのはそこまでだ。

真白は俺のほうに顔を向けると、妙に官能的な表情で見つめてくる。そして俺の首に両手を回して、唇と唇があと数ミリで触れるというところまで顔を近づけてきた。

「……どっちもじゃ、ダメ？」

いつもはちょっと触れるだけで恥ずかしがって逃げる彼女の、ため息交じりの甘い言葉が信じられない。

とてもこらえきれず、そのまま彼女を抱き寄せてキスをしようとすると、するりと逃げられて目をぱちくりさせる。

「真白？」

「ご飯作りまーす。包丁持つと指がなくなっちゃう人は、邪魔しない」

「ちょっ……」

うわ、やられた。

いつも俺がからかうから、反撃したのだろう。

「どうするんだよ、これ」

もう下半身の戦闘態勢がばっちり整っているのに。

「知りませーん。自分で責任取ってね」

「まじか……」

俺がうなだれると、真白はくすくす笑った。

十一月に入ると、空がぐんと高くなり、イワシ雲が広がった。

十月は台風に悩まされ、難しいフライトが多かった。なんとか離陸できたものの、現地の気流が乱れていて着陸できず、悔しい思いを抱えながら病院に戻ったケースもあった。

クルーたちは皆、無念の思いで脱力していたが、真白はすぐにドクターカーを手配して冷静に対処した。そして戻った俺たちに「安全飛行にご協力いただきありがとうございました」と頭を下げたのだった。

真白だって、手を伸ばせば届く距離にいる傷病者に接触できない悔しさはもちろんわかっている。しかしＣＳとして毅然《きぜん》と正しい判断を下し、俺たちの命を守ってくれたのだ。

ドクターヘリチームの皆は彼女に絶対的な信頼を置いていて、ますますチームの絆《きずな》が深まっている。

そんな中、綾瀬の結婚式を迎えた。

以前、真白と式を挙げるつもりだったローズパレスは、都会の喧騒《けんそう》から離れた林の中にある隠れ家のような教会だ。ステンドグラスは美しいし、パイプオルガンの生演奏もある。

真白がひと目惚れしたこの教会で、今や親友と言っていい存在になった綾瀬と愛妻の京香さんが永遠を誓う姿に、胸が震えた。

ボルドーのワンピースを着こなす真白も、目を潤ませている。

「京香さん、すごくきれい」

「そうだな」

マーメイドラインの落ち着いた雰囲気のドレスを纏った京香さんは、美容師仲間にお願いしたというナチュラルなヘアアレンジがマッチしていて、森に住む妖精のようにも見えた。

古典的な黒のタキシードを着こなす綾瀬は、仕事中とはまるで違い目尻を下げた優しい表情をしており、家でのリラックスした姿を見せられた気がする。俺と同じように、綾瀬も京香さんと一緒だと心が休まるのだろう。

「真白のドレス姿も見たいな」

「挙式するつもり？」

「あたり前だろ。和装もいいね。白無垢《しろむく》とかどう？」

離れていた時間は苦しくもあったけれど、互いに成長できた時間でもあった。

聞けば真白は、一生ひとりで生きていく覚悟をして、必死に仕事を覚えたらしい。その結果、クルーから絶大なる信頼を得ている。

一方俺も、どうしてももう一度真白を捕まえたくて、彼女に恥じない仕事をしなければと経験を積んできた。

もともと真白たち後輩に操縦の指導はしていたが、指導者専任にならないかと声がかかるくらいにはなっている。ただ、ドクターヘリパイロットが性《しょう》に合っているため、そちらに移る気は今のところない。

「もう、嫌だから」

「ん？」

「二回目の別れは嫌」

ちょっと照れくさそうに言う彼女を微笑ましく思う。一生一緒にいたいと思ってくれているのだと確信した。

「俺が離すと思う？」

目を見て答えると、彼女はふっと笑みを漏らした。

彼女には笑顔が似合う。ずっと笑っていられるように、手を取り合って人生を切り開いていきたい。

高い階段の上からのブーケトスのとき、真白を見つけた京香さんがこちらにブーケを投げてくれた。隣で京香さんの腰を抱く綾瀬は、俺に向かってサムズアップしてみせる。

「ありがとう。お幸せに」

前面の笑みで叫ぶ真白と笑顔で応える京香さんはすっかり仲良くなって、互いの休みが合うと一緒にランチに行く仲だ。俺たちについてのどんな話をされているのかと、綾瀬とひやひやしている。

「次は俺たちの番だな」

「……私はもう十分幸せだよ」

はにかみながら小声でささやく真白は、いつの間にか男を翻弄するテクニックを身につけている。

「それ、誰から教えてもらった？」

「それって？」

「今すぐここで犯したくなるような男を惑わす台詞のことだ」

耳元で尋ねると、大きな目をキョロッと動かして顔を引きつらせている。

「あ、篤人さんでしょ」

「俺は教えてないぞ」

「だって、いつもうれしい言葉をいっぱいくれるじゃない。私だって、篤人さんを幸せにしたいの」

どれだけ俺を翻弄したら気が済むんだ。

そもそも今朝から、髪をアップにしたせいであらわになった首筋にかぶりつきたくて悶々としているのに。そんなにうれしいことを言われたら、理性があっけなく飛びそうになる。

とはいえ、俺の言葉が真白を幸せにしているとしたら、光栄だ。

「……そういうところが最高だな」

「ん？」

「俺、今……愛してると思いきり叫びたい気分」

「ちょっと、やめてよ」

目を丸くして慌てふためく彼女の腰を抱き、頬に軽くキスをする。

「俺たちもあのふたりに続くぞ」

「うん」

真白は顔を見合わせて笑い合うだけで、天にも昇った気持ちにさせてくれる俺の天使だ。

綾瀬たちの挙式と、ごく身近な人たちだけを招いた披露宴に出席したあと、俺たちは海の見える公園まで足を延ばした。ふたりでゆっくりデートを楽しみたかったのだ。

「うわー、きれいな夕日」

真白は子供のように目を輝かせて駆けていく。

風にあおられて水面が揺らめく東京湾に、沈みゆく太陽の茜色の光が反射していて幻想的だ。

「篤人さんも早く！」

「転ぶなよ」

彼女のリラックスした姿を見られてよかった。

俺たちは、常に生死の境を見ていなければならない。そのため、仕事中はどうしても心がへとへとに疲れる。けれど、真白と夫婦になってからは、彼女が癒やしてくれるので復活が早い。

師長曰《いわ》く、結婚してから真白の表情が柔らかいのだとか。『ちゃんと旦那さんの役割を果たしてるのね』と、ありがたい言葉をいただいたばかりだ。

『緊張が連続する仕事だからこそ、気を抜ける時間は大切なのよ』と師長に言われて、その通りだなと思う。

今も、真白の心が解放される時間となっていればいいなと思いながら、近づいていった。

「もう少しで沈みそうだな」

真白の隣に行き肩を抱くと、彼女は俺の肩に頭を寄りかからせて甘えてくる。

「日没って、ちょっと寂しいよね。でも、また日は昇るって篤人さんに教えてもらったから、もう泣かなくていい」

それを聞き、胸が痛む。

悩みに悩んで別れを選択した頃の真白は、人知れず毎日泣いていたのかもしれない。明日になればまた太陽が顔を出すことすら信じられず、暗闇にひとり取り残されるような気持ちに陥る夜が怖かったのだろう。

俺もそうだったから。太陽のように俺を照らしてくれていた最愛の人に突然別れを告げられて、しばらくなにも見えなくなった。

真白は病気も抱えていたのだから、その心中は察するに余りある。

「泣かせないよ、俺が」

「うん」

俺の顔を見てうなずく真白は、白い歯を見せた。

「大輔が……」

「大輔くん？　元気にしてる？」

姉の息子の名を出すと、彼女は少し興奮気味に聞いてくる。子供ができにくいとわかってから、大輔の名を出すのは酷ではないかと思ったけれど、そうでなくてよかった。

「おお。妹が生まれてしばらくは赤ちゃん返りしてたけど、ようやく兄の自覚が出てきたらしいぞ。朱美の面倒を見てるって」

「かわいいね」

真白は目を細める。

「それで、ずっと真白ちゃんに会いたいって言ってるんだってさ。俺のことはおじちゃんなのに、なんで真白だけ名前呼びなんだ」

「うれしいな。会いたいな」

「つらくない？」

「つらい？　まさか。気遣ってくれたんだね、ありがとう。でも、会えるのうれしいよ。大きくなったよね、きっと」

彼女が声を弾ませるので、思いきって話してよかったと安堵した。

「そうだな。成長著しい年頃だから。もうすぐ五歳だって。信じられない」

「あっという間に小学生だね」

「うん。今度休みが合ったときに、一緒に会いに行こうか」

「楽しみにしてる」

俺たちの休みは不規則で、なかなか合わなかったけれど、結婚してからはできるだけ同じ日に取れるように配慮してもらえるようになってありがたい。

実は夫婦で同じ病院に勤務するのは、馴れ合いがあるからよくないという声が会社で上がり、病院にも真白を転勤させるという相談が来たらしい。しかし師長が、『このふたりの仕事ぶりを見てから言ってください。馴れ合いどころか、いつもバチバチやりながら私たちの安全を守ってくれているんです』ときっぱり言ってくれたのだとか。

綾瀬も状況を尋ねられ、『小日向の操縦と遠野のサポートがないドクターヘリチームなんて考えられない』と答えてくれたらしく、ふたりとも臨海総合医療センターでの勤務を続けられている。

周囲の理解があって、とても助かる。と同時に、俺も真白も仕事を認められていて、うれしい。

「なあ、真白」

「はい」

「俺ともう一度始めて、嫌なことはない？」

もう二度と離したくないから、なにか不満があるなら全部吐き出してほしい。

「嫌なことなんて、なにもないよ。……別れたときもなにもなかった」

「本当に？」

「うん。静岡に行っちゃったときは寂しかったけど、篤人さんは私の自慢だったの。……なんて、恥ずかしいから言わせないで」

夕日に照らされる彼女の横顔は本当に美しくて、少しはにかむ姿を見ていると、キスしたくなる。

「真白も、俺の自慢のパートナーだよ。今までも、これからも」

「頑張らなくちゃ」

微笑む彼女の手を取ると、首を傾げている。

「俺と、出会ってくれてありがとう」

「あっ……」

彼女は自分の左手を目の前に掲げて、小さな声を漏らした。彼女の薬指に婚約指輪を入れたからだ。

「これどうしたの？　前のとは違うよね」

「もう一度始めようと思って、買い直したんだ」

別れるとき、彼女は婚約指輪を置いて出ていった。それをずっと処分できずに今でも持っているのだが、せっかくの新しい門出だからと思い、購入し直したのだ。

「そんな……。でも、うれしい。ありがとう」

真白が思いきり胸に飛び込んでくるので、抱きしめる。

「過去の私を叱ってやりたい」

「どうして？」

「篤人さん、私に『俺が裏切ると思ってる？』って聞いたでしょ。あのとき、私がしてきたことは、篤人さんを信じていない行為だったんだと反省したの。篤人さんの幸せは、私と別れて別の女性との間に子をもうけることだなんて勝手に決めて……」

真白の声が少し震えている。

妊娠の可能性が低いと知り、絶望した気持ちはよくわかる。互いに子供が好きで、赤ちゃんが欲しいと話していたからなおさらだ。

ただ、勝手に決めたと反省することなんてなにもない。真白が別れを選んだのは間違いなく俺のため。浮気したと悪役を買ってまで、俺が別の道を選択できるようにしてくれたのだから。

「でも、これだけはわかって。私は篤人さんが大事なの。信じられるとか信じられないとかそういう次元じゃなくて、篤人さんが笑っていられない人生は嫌なの」

「わかってるよ。真白がどれだけ俺のことを考えてくれているのか、すごくよくわかってる」

そう伝えると、体を離した彼女は微笑む。

「私、ようやく気づいたの。もしかしたら赤ちゃんはあきらめないといけないかもしれないけど……それでも、篤人さんの笑顔を守ることはきっとできるって。だから、ずっと一緒にいてください」

彼女はようやく自分の体を受け入れられたのかもしれない。

絶望のどん底にいるときにそばにいられなかったことが残念でたまらないが、これからはずっと一緒だ。

「もちろん。俺、真白が思ってるよりずっと執念深いから」

「ふふっ。知ってる」

彼女の心からの笑顔は、なんて気持ちがいいのだろう。

真白への愛を再確認した俺は、指輪の収まった左手に口づけを落とした。


十一月最後の日曜日。臨海総合医療センターで、ドクターヘリの見学会が行われることになった。

本社から予備機を取り寄せて格納庫で行うそれは、毎回大盛況だ。

それぞれ一時間ずつ、三回の募集をかけたところ、満員御礼。約百名の参加者が集まることになった。

その日はパイロットを代表して俺、ＣＳの説明は真白が担当することになり、朝から張りきっている。

「ちびっ子たちの応募が多いね。そりゃあ興味津々だよね」

参加者名簿を見て漏らす真白は、子供を見ても心痛めることなく笑顔だ。

先日、実家から東京に戻っている姉のところに遊びに行き、大輔と久しぶりに触れ合った。

待ちに待った再会の日に、大輔は真白を見ると一目散に駆けてきて、思いきり胸に飛び込んでいた。

『真白ちゃん、だーい好き』と、それはそれは俺も嫉妬するような甘えぶりで、真白の優しさはちゃんと伝わっているのだなと微笑ましかった。

俺も同じようにかわいがっているつもりなのに、どうしても『おじちゃん』としか呼んでもらえないのだけは腑《ふ》に落ちないが。

真白はまだ小さい朱美もしっかり腕に抱き、笑顔を見せていた。

姉とふたりでなにやら話していた彼女が、うっすらと目に涙を浮かべていたのは、きっと体のことについて知った姉から優しい言葉をかけられたのだろう。

同じ女性としてわかり合えるところがあるのか、普段は頭に角《つの》を生やしてばかりの姉の目も潤んでいて、胸にきた。

「この中のひとりでも、ヘリのパイロットになりたいと思ってくれたらうれしいけど、ドクターにもっていかれるんだよなぁ」

今日、メインで説明を担当するのは安西先生。綾瀬の後輩にあたる実力のあるドクターで、ナースからも人気が高い。

「そんなこと言ったら、CSなんて大人ですら誰?で終わりだよ。見えないところで働いてるから、仕方ないけど」

彼女は自嘲《じちょう》気味に語るが、もちろん重要な任務を背負っている。

「日陰の身だな、俺たち」

「でも、そういうのがちょっとかっこいいかも。普段は表に出ないけど、実はヒーローを支える縁の下の力持ち」

たしかに、ちやほやされたくてこの仕事をしているわけではないので、それで十分だ。もちろんドクターもちやほやされたいわけではないのだが。

「へぇー、俺のことかっこいいと言ってるんだ」

少しからかうと、真白の頬がほんのりピンクに染まる。本当にわかりやすくて、最高にかわいい。

「そう、だよ。でも、かっこよさでは私も負けないから」

「間違いない」

飛び交う情報をたちまち整理して、きびきびと指令を出す彼女は、我が妻ながらしびれるほどかっこいい。

「さて、未来のパイロットをスカウトしよう」

「私も頑張ろ」

俺たちはアイコンタクトをして、それぞれ準備に入った。

まずは会議室で、安西先生からドクターヘリの役割や実際の治療の様子など、子供たちにショックを与えない範囲での話があった。

実際は、よい面ばかりではない。ドクターヘリの要請があるということは、対象者が重症である可能性が高いということ。助からない命は多数ある。

大事故や大規模災害のときは、ドクターがどの患者の治療を優先すべきかを決める——いわゆるトリアージを行う。そのとき、助かる見込みのない傷病者は心肺蘇生すらせず切り捨てなければならない。現場でそれを行う綾瀬たちドクターの心労は計り知れないが、だからこそ助かる命があることも忘れてはならない。

安西先生はそのあたりもうまく説明していて、さすがだった。

そのあとは真白。彼女は天気図を示して時折クイズを入れながら、楽しそうに子供たちと触れ合っている。

「運航管理士のお仕事は、皆さんはなかなか見ることはできませんが、消防の人たちと協力して、患者さんを一秒でも早く治療できるように頑張っています。興味のある人がいたら、私を捕まえて質問してくださいね」

その言葉で締めた真白は、すがすがしい笑顔を見せた。

格納庫に移ったあとは、俺と整備士がメインになってヘリの説明をする。普段は乗れない操縦席で、大きすぎるヘルメットをかぶって目を輝かせている子もいて、うれしい限りだ。

その横では安西先生とナースの井川さんが、現場に持っていく医療機器の説明をしている。真白は出番がなく、井川さんの手伝いをしていた。

「いつ飛ぶの？」

俺のフライトスーツを握りしめて尋ねてきた六、七歳の女の子は、ヘリポートに駐機しているもう一機を見つめる。

「消防から来てくださいと連絡が入ったらだよ。さっき説明していた運航管理士の遠野さんが、『エンジンスタート』って言ったら、パイロットが一番に走ってきてエンジンをかけるんだ」

そんな話をしていると、ちょうど出動要請が入り、今日のCSを担当している畑中さんの声が無線を通じて格納庫にも流れる。

『ドクターヘリ、エンジンスタート』

その直後、建物内からパイロットと整備士が飛び出してきて、すぐさまエンジンがかけられた。当然、全員の目がヘリポートに向く。

「格納庫内で見学してください。危ないですから、出ないでください」

俺は慌てて声を張り上げた。

「うわ、すごー」

「飛んだ」

子供たちが興奮気味に声をあげる。

ヘリが飛び立つまで約三分。見学している皆は、あまりの早さにあんぐりと口を開けていた。

「もう行っちゃった」

「そうだね。患者さんが待ってるからね」

気がつけば、先ほどの女の子が真白のところに行って話をしている。

「お姉さんも、エンジンスタートって言うの？」

「そうだよ。お医者さんは患者さんの命を守るけど、運航管理士やパイロットは、患者さんはもちろんだけどお医者さんたちの命も守るのがお仕事なんだよ」

「かっこいー。どうやったらなれる？」

その質問に、真白の顔がほころんだ。

大人ですら、ＣＳの存在を知らない人のほうが多い。けれど、誇りをもってその仕事をまっとうしている真白は、未来のＣＳ候補に出会えてうれしいはずだ。

「まずは、ヘリコプターの会社に入って――」

真白が簡単にその方法を説明すると、女の子は「大きくなったら、私もエンジンスタートって言う！」と決意表明していた。


その日の仕事が終わると、真白と一緒にディナーに出かけた。

フレンチレストランに予約を入れてあったため、俺はジャケットを羽織り、真白は濃紺のワンピースという、ちょっとかしこまった私服で病院を出ようとすると、師長に捕まった。

「まあまあ、デートかしら。こういうのをリア充って言うんでしょう？」

「はい、リア充です」

そう返すと、真白が照れくさそうにしている。

「そんなに仲がいいと、お子さんも早くできそうね」

師長の何気ないひと言に、眉がピクリと動く。

体調に波があるため真白が自己免疫疾患だということはカミングアウトしたものの、具体的な病名や不妊については明かしていないのだ。

もちろん、師長に悪気があったわけではないし、むしろいつも真白の体調を気遣ってくれる優しい人だ。

どう答えたらいいのかと戸惑っていると、真白が先に口を開いた。

「実は私、赤ちゃんができにくいと診断されていて……」

「えっ？　ごめんなさい、私……」

「お伝えしてなかったので、師長はなにも悪くありません。だから、謝らないでください」

落ち込むのではないかと思っていた真白が、笑顔ではきはき答えるので少し驚いた。

「でも……」

「一旦はあきらめたんですよ。ですが、綾瀬先生がいい病院を紹介してくださって、また希望を持てるようになったんです。だから、応援していただけるとうれしいです」

「遠野さん……」

深刻な表情の師長だったが、真白が屈託のない笑顔を見せるせいか、師長の表情も緩んだ。

「もちろんよ。チアリーダーは私がやるわ」

「チア？」

どちらかといえば学ラン姿の応援団が似合いそうなのだが……。

思わず口を挟むと、師長は眉をひそめる。

「これでも、その昔にチアダンスやってたのよ」

「え！」

「本当ですか？」

真白と声が被った。

「あなたたち、夫婦して失礼ね！」

師長は俺たちをにらむも、「やっぱり信じられないわよね」と自分が一番大笑いしていた。


レストランに到着すると、個室に案内された。

シャンパンで乾杯してひと息ついたところで、真白が口を開く。

「素敵なレストランだね」

「綾瀬に聞いたんだ。京香さんと来てよかったからって」

「そっか。今日は楽しんじゃおう。でも、急にどうして？」

突然かしこまったレストランに招待したため、彼女は不思議がっている。

「たまにはいいかな……というのもあるけど、今日は真白が初めてお客さまを乗せて空を飛んだ記念日だぞ。忘れた？」

「あっ……」

あの日、俺は隣でサポートをした。あのときはまさか恋に落ちて結婚するとは思いもよらなかったが、緊張でガチガチになりながらも、ヘリを降りたときの笑顔が輝いていたのを覚えている。

そのあと、無事に着陸できたことにホッとしたのか涙を流していたが、とても美しい涙だった。

そのとき、彼女は本当に空が好きなんだなと確信した。

「そんなことまで覚えていてくれたんだ」

「運命の日だからな」

生ハムとナスのポーピエットにナイフを入れる真白は、その頃のことを思い出しているのか、とても優しい表情をしている。

「お客さまを乗せての念願のフライトだったのに、なんにも覚えてないの。ただ無事に着陸したとき、やりきったみたいな満足感でいっぱいだった。快晴の日に、三十分しか飛んでないのに」

「皆、最初はそうだろう。いい顔してたぞ」

「やだ。それで惚れた？」

「かもね」

恋に落ちたのがいつなのか、はっきりとはわからない。指導しているうちに、向上心があって、うまくいかなくて落ち込んでも何度でも這《は》い上がってくる彼女に次第に惹かれていった。

「私はね……ずっと好きだったよ」

視線を料理に落としたままの彼女がぼそりとつぶやくので、フォークを持つ手が止まる。

「今、なんて言った？」

「だから、篤人さんにずっとあこがれてたの。最初はパイロットとしての尊敬だったけど、指導中は鬼なのに地上に降りると優しくて別人なんだもん。そういうギャップとか……」

「初めて聞いたぞ」

告白は俺から。告白の前に何度かふたりで食事に行っていたので、俺の好意に気づいていたのだろう。返事はその場でＯＫだった。

「恥ずかしかったから」

シャンパンを手にしたものの、飲まずに視線を泳がせる彼女の頬が上気している。

「俺が一方的にだと思ってたのに、相思相愛だったのか」

「篤人さん、地上職の女性社員にすごく人気があったんだからね。パイロット仲間には人気なかったけど……」

それを聞きシャンパンを噴き出しそうになった。おそらく指導が厳しかったからだろう。ただ女性パイロットは、真白ともうひとりしかいなかったが。

「真白だって。狙ってた男は、わんさかいたんだからな。だから俺が落としたと噂が広がった途端、あいさつすらしてくれなくなったやつもいたな」

「え……？」

彼女は目を丸くしているけれど、当時真白の人気は相当だった。

普段は控えめで守ってやらなければというような気持ちにさせるのに、仕事に入り操縦かんを握ると一転。視線が鋭くなり、きびきびした言動に変わる。それこそギャップ萌えというやつで、何人恋に落ちていたか。

おそらく、ナースの後藤さんもそうだ。

俺は改めて真白を妻にできたことを、神さまに感謝した。

「真白と結ばれたのは、運命ってやつなんだろうな」

俺が何気なく漏らすと、彼女は真剣な表情で語り始めた。

「運命って、時々残酷だよね」

俺はもちろんよい意味で運命と言ったのだが、病気を背負う彼女には配慮のない言葉だったかもしれない。

「真白──」

「でもね、篤人さんのおかげで、自分の運命と向き合う覚悟ができたの。……あのね」

彼女はとても重要な話をしようとしている。

そう感じた俺は、襟《えり》を正した。

「今度産婦人科を受診したとき、先生に言おうと思うの。今の不妊治療は続けるけど、それ以上は望みませんって。これは篤人さんにも了承してもらわないといけないんだけど……」

「もちろん、真白の意見を尊重する。俺もそれでいい」

俺は即答した。

実は前回、ふたりで野上総合の産婦人科を受診した際、ドクターに言われたのだ。

『私たちはおふたりの赤ちゃんが欲しいという気持ちにできるだけ応えたい。でも、それに躍起になるあまり、大切な人を失ったり、心が壊れたりした人もいます。私たちは幸せになるお手伝いがしたいので、過剰な不妊治療はお勧めしていません』

中には高額になる治療費を借金でまかない、もし授かってもとても子供を育てられる環境でなくなってしまった人も、体力の限界を超えても治療を続け、健康な体を失った人もいたのだとか。

我が子を腕に抱きたいという純粋な気持ちが、なかなかうまくいかないことで頑なになり、授かるまでやめられないという強迫観念に変わってしまうこともあるようだ。

「先生に、幸せになるために不妊治療をするんだよと言われて、その通りだなって。うまくいかないプレッシャーでイライラして篤人さんと溝ができたり、ストレスで病気が悪化して仕事が思うようにできなくなったり……。そんな状況を想像したら、私にはほかにも大切なものがたくさんあって、それを失うのは嫌だなと思った」

「その通りだ」

俺が口を挟むと、彼女は大きくうなずく。

「でも、あきらめてはいないのよ。治療をもう一段階上がるのをやめるだけ」

「俺も賛成だ。できたらいいなというくらいのスタンスがちょうどいいと思う」

不妊治療をやめてストレスから解放されたら妊娠したという人もいると聞く。思いつめるのもよくない。

「俺は、ふたりでこうして、ゆっくりフレンチを楽しんだりするのも好きだぞ。旅行に行くのもいいな」

「うん、行きたい」

真白が前向きでよかった。

彼女が初めてお客さまに空を見せた日に、俺たち夫婦の新たな未来を決められたのは感慨深い。

真白に涙は似合わない。必ずふたりで幸せになる。

もっとあなたをください

麗《うら》らかな春の日差しに包まれたその日、私たちは結婚式を迎えた。

少し遅くなってしまったのは、篤人さんと式場回りを念入りにしたからだ。ローズパレスでリベンジをとも考えたけれど、綾瀬夫妻の挙式を堪能したし、別の式場も覗いてみようという話になったのだ。

篤人さんは綾瀬先生に、洋装の場合はローズパレスを、和装の場合は神社を紹介したようなのだが、私たちが決めたのはその神社。大きな滝があり、その前を白無垢姿で歩く花嫁に目が釘づけになり、私もぜひと希望した。

パンフレットで見て知っていた篤人さんも実際の光景に心動かされたようで、大賛成してくれて、白無垢での神前式となった。

髪は洋髪に。京香さんにアレンジをお願いすると、快く引き受けてくれた。大きな胡蝶蘭《こちょうらん》を飾った髪形は大好評だった。

「真白ちゃーん」

参列してくれた大輔くんが、飛びついてくる。

「こら、大輔。着物を汚すなよ」

篤人さんが慌てているが、大輔くんはどこ吹く風だ。

「真白ちゃん、かわいい。僕のお嫁さんにする」

「は？」

ちょっと間が抜けた声を出す篤人さんがおかしい。

「真白は俺のお嫁さんだ」

「真白ちゃんは、おじちゃんより僕のことを好きだと思うよ」

自信満々の大輔くんの発言に、篤人さんのお姉さんが肩を震わせて笑っている。

「残念だったな。真白はもう俺のものだからあきらめろ。それと、おじちゃんじゃなくて、篤人くんだ」

むきになる篤人さんは、大輔くんより子供のようだ。

そんな微笑ましい光景から始まった結婚式だったが、朱色の唐笠《からかさ》をかざされて参進《さんしん》の儀の列に加わると、さすがに緊張が走る。

しかし隣の紋付き羽織袴姿の篤人さんは堂々としていた。

「真白、すごくきれいだ。やっぱり式を挙げてよかった」

先ほど控室でさんざん褒めてくれたのに、またうれしい言葉をくれる。

「篤人さんも、素敵です。着物がそんなに似合うとは知らなかった……」

フライトスーツ姿はもちろんばっちり決まっているけれど、本社に行くときなどに纏うスーツ姿もなかなかだ。仕事のためにも日々鍛えている彼は、体が引き締まっており、モデルもできそうな体つきをしている。

一方私は、今日のために体を引き締めようと筋力トレーニングに励んでみたものの、パイロットの頃に比べると筋肉量が落ちているのは否めない。

ただ、毎晩のようにベッドで愛されてくたくたになるせいか、持久力はついたようにも思う。……って、こんなときに思い出さなくても。

今日は双方の家族も駆けつけてくれて、『ようやくですね』と互いに苦笑いしていたけれど、皆が私たちの新しい門出を手放しで喜んでくれているのが伝わってきてうれしかった。

私たちの間に誕生する赤ちゃんを、きっと待ち望んでいたはずだ。しかしそれが難しいとわかっても、誰も私を責めたりはしなかった。それどころか母は『よく頑張ってきたわね』と私の心中を慮《おもんばか》って涙し、山梨の義母は『篤人には真白さんしかいないのよ』と力強く語った。

厳《おごそ》かで立派な滝の前を、神職や巫女に続いてゆっくり足を進める。

鳳笙《ほうしょう》や篳篥《ひちりき》の音がこだまする境内は、まだ少し冷たい風にそよぐ木々の葉が太陽の光をキラキラと反射させていて実に美しい。澄《す》んだ空気をすーっと吸い込むと、隣の篤人さんが優しく微笑んでくれた。

もうすぐ満開を迎える桜の花びらが、風にあおられて紅碧色《べにみどりいろ》の空に舞い上がっていく。

篤人さんと再会するまで、花の美しさに気づくことすらできないほど心が荒《すさ》んでいた。けれど彼と再び結ばれて、ようやく枝からこぼれんばかりに咲き誇る桜に胸を高鳴らせられるようになっている。

私も、あの桜のようにもっと輝きたい。そして大空を舞う花びらのように、もっと自由に人生を満喫したい。

病気が発覚したあの日。こんな晴れやかな気持ちで再び空を見上げられる日が来るとは思ってもいなかった。

随分遠回りしてしまったけれど、この先はたとえ激しい雨が降ろうとも、風が吹き荒れようとも、また昇る太陽を信じて強く生きていける。

それも、篤人さんの広い心と、深い愛情のおかげだ。

誓詞奉読《せいしほうどく》で篤人さんが私たちの変わらぬ愛を誓ったあと自分の名前を添えた私は、

感極まって声が震えた。

篤人さんは、私が浮気という裏切りを口にしても、なにかおかしいとすぐに気づいて、私を信じ続けてくれたという。婚約解消に応じたのは、浮気への怒りではなく私の苦しい顔を見ていられなかったからだと聞いたとき、どうして最初から彼を信じて託さなかったのかと後悔もした。

けれど、もう過ぎたことをくよくよするのはやめる。

追い詰められていたあのときは、篤人さんから離れることが、彼の人生を守るためにできる一番よい手段だと疑わなかったのだから。

それに、遠回りした分、愛がいっそう深くなっているようにも感じる。

式が滞りなく終わったことを神さまに報告する斎主《さいしゅ》祝辞を神職が行い、私たちも拝礼すると、無事に結婚式は終了した。

その後は荘厳な景色をバックに、親族や参列してくれた綾瀬先生たちとともに写真に納まり、笑いの絶えない時間を過ごすことができた。

大々的な披露宴は行わなかったものの、レストランを貸し切りにして、皆で食事を楽しんだ。

その間、大輔くんが私にべったりで、あたり前の顔をしてちょこんと膝の上に座る彼に、篤人さんは終始眉をひそめっぱなし。それに気づいた綾瀬先生が、ずっと笑っているのがおかしかった。

「真白」

「ん？」

「幸せだな」

皆が歓談する様子を見て、篤人さんが微笑む。

「そうだね。私たち、幸せ者だ」

散々やきもきさせてきたはずなのに、祝福の笑顔を向けてもらえるこの光景は、きっと忘れないだろう。

「真白さん」

シャーベットオレンジのかわいらしいワンピースを纏った京香さんが、私たちのところまで来てくれた。スリーピース姿の綾瀬先生も一緒だ。

「今日はありがとうございました。髪もメイクもすごく好評で……」

式場の人に褒められた。

「どういたしまして。お手伝いできてうれしかった。今度またふたりでお祝いしようね」

「ふたりでなに話してるんだ」

綾瀬先生がいぶかしげな視線を送ってくる。

「それは内緒だよ。海里くんたちも、私たちのこと話してるでしょ」

京香さんが指摘すると、篤人さんが口を開く。

「してるしてる。京香さんが今日もかわいかったって綾瀬が言うから、真白は毎日かわいいとか、そういう話」

篤人さんの発言に、京香さんと顔を見合わせて一瞬きょとんとする。そしてその直後、照れくささにふたりとも目が泳いだ。

そんな話を大真面目にしている彼らが信じられないけれど、ちょっとうれしくもある。いや、照れくささが一番大きい。

「あとは、伝説のたまご焼きと至極の唐揚げを交換したり」

「伝説？」

「至極？」

私と京香さんが、綾瀬先生の意味不明な言葉に次々声をあげると、白い歯を見せる篤人さんが話し始める。

「京香さん手作りのふわふわの甘いたまご焼きと、真白が作る柚子胡椒《ゆずこしょう》の利いた唐揚げの交換をするんだ」

「あ……」

その光景、見たことがある。けれど、いつもやっているとは知らなかった。

それにしても、妻には言えない悪態でもついているかと思いきや、実にほのぼのとしていて笑みがこぼれる。

「それで、真白たちはなに話してるんだ」

「それは……内緒」

私たちも似たようなことを話している。

愚痴があるとすれば、料理をしているのに抱きついてきて困るとか、外でもボディタッチが激しくて恥ずかしいとか……。すこーし困ってはいるけれど、愛を感じてうれしくもある行為を語っては、幸せに浸っている。

でも、彼らのように堂々と明かすのはさすがに恥ずかしくて、口をつぐんでおいた。

「気になる」

綾瀬先生が顔をしかめると、私に視線を送った京香さんがクスッと笑った。

「心配しないで。悪口はないから」

京香さんの〝悪口はない〟がまさに正解。〝悪口を言っていない〟のではなく、悪口そのものがないのだ。

「あやしいな」

綾瀬先生は疑っているような言い方をするけれど、京香さんを見つめる目が優しい。引き締まった表情で駆け回る仕事中の彼とは違いすぎて、少し不思議な光景でもあった。

「そういえば、これから行くんだろ？」

「そう」

「俺たちもいつか招待してくれよな」

「いつでもどうぞ」

篤人さんが綾瀬先生と話しているのは、このあとの予定について。篤人さんがずっとヘリに乗っていない私を、ナイトクルーズに招待してくれたのだ。

もちろん、篤人さんがパイロット。私は操縦できないけれど、また空を飛べると思うと感慨深い。

食事会が終わると、公共用へリポートである東京へリポートに一直線。

結婚式という大仕事を終えたあとでは疲れるかもしれないと心配していたけれど、

気持ちが高揚していて、早く飛びたいばかりだ。

ヘリコプターが夜間に飛行するには、離着陸する場所に風向灯や境界灯といった基準を満たした照明設備が必要になる。なおかつ、運送事業として飛行するには、九十日以内にパイロットが夜間飛行を経験していなければならない。

ドクターヘリは夜間は飛ばないため、篤人さんは今日のために夜間飛行の訓練をして条件をクリアしてくれた。

そもそも篤人さんは夜間飛行の経験も豊富で、なにも困ることはない。

「真白、疲れてない？」

「大丈夫。楽しみすぎてワクワクしてる」

「それではどうぞ」

ヘリコプターにエスコートされる花嫁なんて、とにかく贅沢《ぜいたく》だ。彼の手を借りて乗り込むと、久しぶりの機内に興奮が高まっていく。

「いつものやって？」

いつもの？

操縦かんを握る彼がそう言うので、首を傾げる。しかし、すぐにわかった。

「エンジンスタート」

私が命じると、「了解」と凛々しい声で返事をした彼が、エンジンをスタートさせる。

「真白に命令されると、ぞくぞくするんだよ。俺ってMなのかな」

篤人さんがそうつぶやいているものの、それは断じてない。紛《まご》うことなきSだ。ベッドであれだけ私をいじめておいてよく言う。

エンジンがかかりプロペラが回りだす音は、何度聞いても気持ちが高ぶる。久しぶりにヘリの中でそれを経験できて感無量だった。

「行こうか」

「はい」

マイクとヘッドフォンを介して交わす会話が懐かしくもある。数えきれないほど叱られながらも、パイロットとして成長できたのは彼のおかげだ。それを生かせなくなってしまい残念ではあるけれど、今はCSの仕事に誇りを持っている。

フワッと飛び立ったヘリは、あっという間に高く舞い上がり、東京の上空を旋回し始めた。

「きれい……」

「何回も見ただろ」

夜間飛行の業務にも携わっていたのでもちろんだけれど、操縦しているとまったく余裕がなくて景色なんて楽しめなかった。

「操縦で頭がいっぱいで」

「まだまだだな」

篤人さんは笑うが、間違いない。彼のように余裕はなかった。

「今日は満喫します」

「いつもみたいに、ちゃんとアシストしろよ。ビシバシと」

「ビシバシは余計でしょ」

基本、パイロットが飛行のすべての責任を負う。私は、フライトが安全にできるよう情報を集めて彼に渡すだけ。ただし、私の意見も尊重してくれるので、自分の考えはいつも伝える。

改めて考えると、ドクターヘリチームの歯車のひとつにちゃんとなれているのだなと、うれしかった。

ヘリはお台場《だいば》方面へと向かう。

「レインボーブリッジだ」

「大体このあたりで始まる」

「そうだね」

ナイトクルーズを担当したとき、何度かプロポーズの場面に遭遇した。あらかじめ聞いている場合、パイロットとお客さまとの間の通信は切るため、プロポーズの言葉を耳にしたことはないけれど、ヘリを降りるときに女性が感激で頬を濡らしている姿はよく見かけて、私まで幸せな気持ちになれた。

「俺たちも」

「えっ？」

「真白。俺と一生一緒にいてくれ」

挙式までしておいて、改めてのプロポーズというのもおかしいが、私たちのライフワークになっているヘリの中で聞く言葉は、ひと味違う。

「はい。一生離れません」

もう離れられない。

返事をすると、篤人さんは頬を緩めた。

ナイトクルーズを楽しんだあと自宅に戻ると、気が抜けてソファに座り込んだ。すると彼が、コーヒーを淹れてくれる。

「すごくよかった……」

「ヘリでプロポーズするの、ずっと夢だったんだ。でも、一度目も二度目も、気がつけば結婚しようと口走ってて、大失敗」

「あはっ」

彼が肩をすくめるのでおかしくてたまらない。

「真白が悪いんだぞ」

「なんで私？」

「お前が俺を翻弄するから。絶対に逃したくないと思わせるくらい、魅力がありすぎるのが悪い」

それで私が悪いと言われても困る。けれど、魅力がありすぎるなんて、お世辞だとしてもにやついてしまう。

「私じゃない人と結婚したら、とか考えたことはないの？」

尋ねると、コーヒーカップに伸びていた彼の手が止まった。

「まだ不安？」

「えっ？」

「俺の愛、まだ足りない？　考えるわけないだろ」

深い理由もなく聞いたつもりだった。

でも、もしかしたら心のどこかで、彼が私に出会ったことを後悔していたら……という不安が少し残っているのかもしれない。

「……足りない。ずっとくれないと、足りなくなる」

不妊について告白しても、迷うことなく私の手を取ってくれた彼に、これ以上を望むなんてありえないと思っていたけれど、やっぱりもっと欲しい。ずっと私だけに向けられた愛を感じていたい。

思いきってそう伝えると、彼は私の手を握り視線を合わせた。

「安心しろ。真白が嫌だと言っても愛を注ぎ続ける。だから、不安に思う必要はない。お前はずっとひとりで耐えてきたんだ。もう頑張らなくていい。重い荷物は俺に預けて笑ってろ」

「……うん」

うなずくと、彼は優しく微笑み、私を引き寄せてキスを落とした。

そのままベッドに連れていかれて、激しい口づけを交わす。

舌と舌がもつれあい、どちらのものかわからない唾液が淫猥《いんわい》な音を立てても、やめられない。ただただ彼が欲しくて、必死にしがみついた。

「ん……」

鼻から甘いため息が漏れると、彼は私の下唇を甘噛みして離れていく。そしてシャツを脱ぎ捨て、筋肉質な体をさらした。

「疲れてるから我慢しようと思ったのに。煽ったのは真白だからな」

煽った自覚はあるし、激しく抱いてほしい気分だ。

「早く……早く来て」

彼の目を見つめて漏らすと、彼は一瞬驚いた様子だったが、すぐに余裕の笑みを浮かべる。

「真白の体に俺を刻み込んでやる」

「……っ。あぁ……っ」

焦るように荒々しく胸を揉みしだかれて、甘い声が漏れてしまう。

「やっぱり俺、Sだな。お前を壊したくてたまらない」

「はぁっ……んんんっ」

ずらされたブラの隙間からその頂を口に含まれて、もうなにも言えない。与えられる快楽に溺れ、深い愛を感じながら何度も絶頂に達した。

「真白」

「ああ……んっ」

欲を放ってもすぐに復活する彼は、もう一度私を貫いた。

激しい行為に息も絶え絶えになりながら、艶やかな瞳で私を犯す彼を見つめる。

「……好き」

そして、心からの言葉を口にする。もう勝手に叫んでしまうほど、彼が好きでたまらない。

「俺も好きだ。真白をこうやって抱けて……どれだけ幸せか」

「……っあ」

奥まで腰を送り込まれて、背をしならせる。突き出した形になった胸を舌で愛撫され、まるでそれをねだったかのようで恥ずかしかった。

けれど、恥ずかしさなんてすぐに飛んでいく。もっと、もっと彼が欲しい。

「はぁ……っ、そんなに締めるな」

悩ましげな表情で私を見つめる彼は、私に優しいキスを落とす。

「だって……」

「気持ちいいの？」

「……うん」

心まで丸裸にされ素直にうなずくと、動きを止めた彼はうれしそうに微笑む。

「ずっとこうしていたい。真白とずっとつながっていたい」

「私、も」

彼の首に腕を回してしがみつき、幸せを貪《むさぼ》る。すると彼は私の手を握り、再び力強く動きだした。

エピローグ

不妊治療を始めてから二年と八カ月。今日は野上総合病院の受診日だ。

隣には篤人さん。彼は休みが合えば必ず同行して、私を支えてくれている。

生理は相変わらず再開していない。通院して検査をするたびに〝またダメだった〟と落ち込みはするものの、気持ちがすぐに浮上するようになった。それも、篤人さんの深い愛のおかげで心が安定しているからだ。

篤人さんと話し合い、不妊治療は三年までと決めている。今の生活が充実しているのと、やはり私の体の負担が大きいからだ。その期限が目前に迫ってはいるが、意外と落ち着いている。散々考えた末の結論なので、覚悟が決まっているのだ。

「小日向さん、体調はいかがですか？」

眼鏡をかけた四十代後半の女性医師が、私のお腹にエコーを当てながら尋ねてきた。いつも親身になって相談に乗ってくれる頼もしい存在で、私も篤人さんも全幅の信頼を寄せている。

「はい。最近は落ち着いています。ストレスを完全になくすのは難しいですけど、彼が支えてくれるの――」

「小日向さん」

先生がなぜか私の言葉を遮り、深刻な表情をするので緊張が走る。

悪い症状が見つかったのだろうか。

モニターを覗き込んでいた篤人さんも、一瞬眉をひそめた。

「はい」

「生理は来てないのよね」

「ええ。一度も」

少し落胆しながら言ったのに、先生が一転、笑顔を見せるので混乱する。

「おめでとうございます」

「えっ？」

「赤ちゃん、来てくれましたよ」

先生の言葉に、目を見開く。

待ち望んだ宣告なのに、実感がなさすぎてすぐに呑み込めなかった。

「赤ちゃん？」

「そう。胎嚢《たいのう》と心拍が確認できます。よく頑張りましたね」

先生にそう言われた瞬間、涙が頬を伝いだした。

「赤ちゃんが……」

もう授かれないだろうと思っていたのに、まさかの事実に感激の涙が次から次へとあふれてくる。

「よかった……」

篤人さんも目頭を押さえて、男泣きしている。

「まだこれからよ。お腹で大切に育てましょう。私たちも全力でお手伝いします」

「あり……ありがとうございます」

泣きすぎて言葉に詰まる私を、先生は笑っている。けれど、どうしても涙は止められなかった。

食事をしてから帰宅するつもりだったのに、篤人さんも私もまったく落ち着かず、すぐにマンションに戻った。

篤人さんは、玄関から私を抱いてリビングのソファまで運ぶという過保護ぶりをみせる。

「歩けるって」

「無理は禁物だと言われただろ」

「この距離を歩くのが無理なら、なにもできないわよ」

ようやく妊娠にたどり着いたものの、自分の体のコントロールも必要な私は、流産のリスクも高い。だから過剰に心配しているのはわかっているけれど、さすがに行きすぎだ。

「あー、ダメだ。全然冷静になれない」

隣に座った彼は、髪を掻《か》きむしって言った。

仕事ではなにがあっても平然としている彼が、これほど取り乱した姿を見せるのは珍しい。

「先生が、まだスタートラインだよと話してたでしょ」

正直、私もまだ半信半疑で夢でも見ているかのようだ。けれど、それ以上に篤人さんがそわそわしているので、冷静さが戻ってきた。

「そうだな」

彼は大きく深呼吸をして、私のお腹にそっと手を当てる。

「ここに、命が……」

「私たちの赤ちゃん」

妊娠を告げられたときの喜びがよみがえってきて声が震える。すると篤人さんが抱きしめてくれた。

「真白、ありがとう。俺……お前に出会えなければ、こんな幸せ知らなかった」

「私もだよ。篤人さんに再会しなければ、赤ちゃんはあきらめてたもの」

彼の励ましと支えがあったからこそ、大変な治療にも向き合ってこられたのだ。

「真白には負担をかけてばかりだけど、できることは全部引き受けるから。大切に育てような」

「うん。早く会いたいね」

そう漏らすと、彼は私の額にキスを落とす。

「俺が守るから。真白もこの子も一生守る」

彼のそんな宣言がどれだけ心強いか。不安が一瞬で吹き飛んでいく。

「篤人さんにいっぱい甘える予定だから、どうぞよろしく」

「もちろんだ」

篤人さんは私をもう一度抱きしめ、幸せを貪っているかのようにしばらく動かなくなった。

一度はなにもかもあきらめた私に、こんな幸せが舞い込むとは思わなかった。

これからの未来が順風満帆であるとは限らないけれど、篤人さんと一緒ならどんなことでも乗り越えていける。」

「真白」

「ん？」

私の背中に回した手の力を緩めた篤人さんは、微笑み口を開く。

「もう、うれし涙しか流させないからな。覚悟しとけよ」

「はい。覚悟します」

そう返事をすると、唇が重なる。

彼からの優しいキスは、幸せの味がした。

番外編

空を見上げて

「太陽《たいよう》、こっちだよー」

少し早めに生まれてきた私たちの子、太陽は、もう一歳と二カ月。最近よちよち歩きを始めた。

私の脚へのつかまり立ちから、篤人さんへ向けて一歩踏み出した瞬間は、どれだけ感激したか。最初は三歩で尻餅をついてしまったが、『すごいぞ、太陽』と、篤人さんは満面の笑みで太陽を抱きしめた。

早産だったせいか体は小さめで成長もゆっくりではあるけれど、毎日が発見だ。初めて歩いた日からあっという間に十歩、二十歩と距離が伸びてきて、今日は公園デビューを果たした。

公園には北風が吹いていてちょっぴり寒いけれど、太陽の目は輝いている。彼と同じように篤人さんの目も。

篤人さんは、妊娠中も出産後も職場復帰したあとも、体調が不安定な私を献身的に支えてくれている。

太陽のおむつ替えや寝かしつけをあたり前のようにこなしているし、毎日のお風呂は篤人さんの仕事。だからか、太陽は篤人さんのことが大好きだ。

篤人さんが公園まで抱いてきた太陽を下ろすと、私のほうを目がけて歩いてくる。危なっかしい歩みにひやひやしながらしゃがんで見守っていると、にっと笑った太陽は私の胸に飛び込んできた。

「たくさん歩けたね。頑張ったー」

柔らかくてぷにぷにの体を抱きしめ、幸せに浸る。

篤人さんも近寄ってきて、私と太陽を丸ごと抱きしめた。

「太陽、運動神経抜群だな。スポーツ選手になるか？」

「また言ってる」

篤人さんは〝超〟がつくほどの親バカで、太陽がちょっと落書きをすると『将来は画家だな』とつぶやいて悦にいっているし、適当に木琴《もっきん》を叩くだけで『音楽家もいいな』とニマニマしている。

私より一年半ほど早く女の子のママになった京香さんとは、今でも仲良くしているけれど、どうやら綾瀬先生も似たようなものらしい。すでに『嫁にはやらん』が口癖だとかで、京香さんも苦笑している。

「真白、体調悪くない？」

「うん、大丈夫」

篤人さんは私にも過保護だ。

妊娠中、せっかく授かった命だからと、主治医の手を借りて必死に体調管理をした。そのおかげで大幅に崩れることはなかったものの、三十五週に入ったばかりでの早産となってしまった。

ホルモンバランスのせいで精神的に不安定だったのもあるが、保育器の中の小さな太陽を見て、もう少しお腹の中で育ててあげたかったと涙がこぼれてしまう毎日だった。

そんな私を支えてくれたのも篤人さんだ。

『太陽は元気に育つさ。俺が保証する』と力強く私を励ましてくれた。幸い、様々なリスクを回避できて、その通りになっている。

「太陽。あれは滑り台というんだぞ。パパと滑るか？」

この公園には低めの滑り台があり、篤人さんと一緒になら太陽も楽しめそうだ。

私が滑り台の下で待っていると、篤人さんに抱かれて滑り下りてきた太陽の表情が引きつっていて焦る。

「た、太陽？」

「やば。怖かったか？」

篤人さんもしまったという顔をしていたが、次の瞬間太陽の顔がふにゃっと緩み、パチパチと手を叩きだした。びっくりしたけれど楽しかったのだろう。

三回ほど滑り台を楽しみ離れようとすると、太陽が盛んに滑り台を指さして「あーあー」と訴えてくる。

「よほど気に入ったのね」

「お前、執念深さは俺に似たな」

篤人さんがそう漏らすので、噴き出した。

七回滑ったところでようやく満足した太陽は、私につかまり立ちをして周囲をキョロキョロと観察している。

「初めてだもんな。刺激がいっぱいだろ」

腰を折って太陽に話しかける篤人さんは、とても穏やかな顔をしていた。仕事中とは違うリラックスした姿を見られるのは、妻の特権だ。

「ブー」

そのとき、ご機嫌な太陽が空に手を伸ばしてなにやらつぶやきだしたと思ったら、どこからかヘリのプロペラ音が聞こえてきた。

「太陽、耳がいいな」

「あっ、あそこだ」

おそらく臨海総合のドクターヘリだ。私が指さすと、太陽を抱き上げた篤人さんも空を見上げる。

「今日は綾瀬が乗ってるな。頑張れよ」

「あーあーあー」

篤人さんの腕から転げ落ちそうなほど体を揺らして太陽が興奮しているのは、何度もドクターヘリの離着陸を見ているからだろう。

育児休暇中に太陽を連れて病院に行き、篤人さんが操縦かんを握るヘリを見せたのだ。『パパが動かしてるんだよ』と説明したものの、わかっているかどうかは定かではない。

ただ、大きくなっていろいろな物事が理解できるようになったら、きっと篤人さんの仕事を尊敬するようになるのではないかと思っている。私と、同じように。

「太陽もパイロットになる? ちょっと厳しいCSと恋に落ちるのもお薦め」

「『ちょっと厳しい』はいらないと思うの」

一応抗議すると、彼は優しい顔で微笑む。

「いるだろ。そういうストイックなところも、俺の愛する真白のいいところなんだから」

堂々と愛をささやく彼は、あっという間に私の唇をふさいだ。

END

あとがき

ドクターヘリシリーズ第二弾は、ドクターヘリパイロット編でした。シリーズ二作とも、ヒロインが好きすぎて変態?に片足を突っ込んでいるヒーローとの熱い恋でしたが、お楽しみいただけましたでしょうか。

皆さん、ヘリコプターに乗ったことはありますか? 私はないのですが、乗ってみたい……いや、ちょっと怖い気も。この作品を書くためにいろいろ調べていて、ホバリングが難しいとは知らず、驚きました。

今作は少し切ない部分もありましたね。

実は私も自己免疫疾患かなという感じでして、少しずついろんな検査に引っかかります。免疫が自分の正常な細胞にまで攻撃を仕掛けてしまう疾患なのですが、過去には悪性リンパ腫の疑いがかかったこともありました。(否定されています)ほかにも自己免疫が悪さをしているのではないかと思われる症状があるのですが原因不明で、真白のように強い倦怠感があっても耐えるしかなく厄介です。ただ、だんだんあきらめがついてきて、またいつものだと思うように。それがよいのか悪いのかわかりませんが、大きな病気を発症しないように祈っています。

健康についてだけでなく、自分の努力ではいかんともしがたい困難にぶつかり、あきらめなければならないこともあります。そういうときは落ち込みますが、結局受け入れるしかない。そうであればできるだけ早く心の中で消化して、前に進んだほうがいいですよね。篤人の台詞に『どっちに転んでも不安なら、行きたい道を進んだほうがいい』とありますが、私もその精神で生きていけたらなと思います。なんて言いながら、くよくよするんですよ、めちゃくちゃ。でも理想は高く掲げて、頑張ります。

ドクターヘリシリーズにお付き合いくださり、ありがとうございました。また次の作品でもお会いできますように。

佐倉《さくら》伊織《いおり》

佐倉伊織先生への
ファンレターのあて先

〒104-0031
東京都中央区京橋1-3-1
八重洲口大栄ビル7F
スターツ出版株式会社　書籍編集部　気付

佐倉伊織先生

本書へのご意見をお聞かせください

お買い上げいただき、ありがとうございます。
今後の編集の参考にさせていただきますので、
アンケートにお答えいただければ幸いです。

下記URLまたは二次元コードから
アンケートページへお入りください。
https://www.berrys-cafe.jp/static/etc/bb

この物語はフィクションであり、
実在の人物・団体等には一切関係ありません。
本書の無断複写・転載を禁じます。

もう恋はしないはずが――
凄腕パイロットの激愛は拒めない
【ドクターヘリシリーズ】

2024年4月10日　初版第1刷発行

著　者　佐倉伊織

発行人　菊地修一
デザイン　hive & co.,ltd.
校　正　株式会社鷗来堂
発行所　スターツ出版株式会社
〒104-0031
東京都中央区京橋1-3-1　八重洲口大栄ビル7F
TEL　03-6202-0386（出版マーケティンググループ）
TEL　050-5538-5679（書店様向けご注文専用ダイヤル）
URL　https://starts-pub.jp/
印刷所　大日本印刷株式会社

Printed in Japan

乱丁・落丁などの不良品はお取替えいたします。
上記出版マーケティンググループまでお問い合わせください。
定価はカバーに記載されています。

ISBN 978-4-8137-1565-8　C0193

ベリーズ文庫 2024年4月発売

『もう恋はしないはずが——凄腕パイロットの激愛は拒めない【ドクターヘリシリーズ】』 佐倉伊織《さくらいおり》・著

ドクターヘリの運航管理士として働く真白。そこへ、2年前に真白から別れを告げた元恋人・篤人がパイロットとして着任。彼の幸せのために身を引いたのに、真白が独り身と知った篤人は甘く強引に距離を縮めてくる。「全部忘れて、俺だけ見てろ」空白の時間を取り戻すような溺愛猛攻に彼への想いを隠し切れず…。

ISBN 978-4-8137-1565-8／定価748円（本体680円＋税10%）

『余命1年半、かりそめ花嫁はじめます～初恋の天才外科医に救われて世界一の愛され妻になるまで～』 葉月《はづき》りゅう・著

OLの天乃は長年エリート外科医・夏生に片思い中。ある日病が発覚し、余命宣告された天乃は残された時間は夏生のそばにいたいと、結婚攻撃に困っていた彼の偽装婚約者となる。それなのに溺愛たっぷりな夏生。そんな時病気のことがばれてしまい…。「君の未来は俺が作ってやる」夏生の純愛が奇跡を起こす…！

ISBN 978-4-8137-1566-5／定価737円（本体670円＋税10%）

『愛しているから、結婚はお断りします～エリート御曹司は薄幸令嬢への一途愛を諦めない～』 高田《たかだ》ちさき・著

社長令嬢だった柚花は、父親亡き後叔父の策略にはまり、貧しい暮らしをしていた。ある日叔父から強制された見合いに行くと、現れたのはかつての恋人・公士。しかも、彼は大会社の御曹司になっていて!?　身を引いたはずが、一途な愛に絆されて…。「俺が欲しいのは君だけだ」——溺愛溢れる立場逆転ラブ！

ISBN 978-4-8137-1567-2／定価748円（本体680円＋税10%）

『政略婚姻前、冷徹エリート御曹司は秘めた溺愛を隠しきれない』 紅《くれない》カオル・著

父と愛人の間の子である明花は、継母と異母姉に冷遇されて育った。ある時、父の工務店を立て直すため政略結婚することに。相手は冷酷と噂される大企業の御曹司・貴俊。緊張していたが、新婚生活での彼は予想に反して甘く優しい。異母姉はふたりを引き裂こうと画策するが、貴俊は一途な愛で明花を守り抜き…。

ISBN 978-4-8137-1568-9／定価748円（本体680円＋税10%）

『捨てられ秘書だったのに、御曹司の妻になるなんて　この契約婚は溺愛の合図でした』 蓮美《はすみ》ちま・著

副社長秘書の凛は1週間前に振られたばかり。しかも元恋人は後輩と授かり婚をするという。浮気と結婚を同時に知り呆然とする凛。すると副社長の亮介はなぜか突然契約結婚の提案をしてきて…!?　「絶対に逃がしたくない」——亮介の甘い溺愛に翻弄される凛。恋情秘めた彼の独占欲に抗うことはできなくて…。

ISBN 978-4-8137-1569-6／定価748円（本体680円＋税10%）

ベリーズ文庫 2024年4月発売

『再会したクールな警察官僚に燃え滾る独占欲で溺愛保護されています』 鈴《すず》ゆりこ・著

OLの千晶は父の仕事の関係で顔なじみであったエリート警察官僚の英介と2年ぶりに再会する。高校生の頃から密かに憧れていた彼と、とある事情から同居することになって!? クールなはずの彼の熱い眼差しに心乱されていく千晶。「俺に必要なのは君だけだ」抑えていた英介の溺愛が限界突破して…！

ISBN 978-4-8137-1570-2／定価748円（本体680円＋税10%）

『「役立たず」と死の森に追放された私、最強竜騎士に拾われる～溺愛されて聖女の力が開花しました～』 晴《はる》日《ひ》青《あお》・著

捨てられた令嬢のエレオノールはドラゴンの卵を大切に育てていた。ある日竜騎士・ジークハルトに出会い卵が孵化！ しかも子どもドラゴンのお世話役に任命されて!? 最悪な印象だったはずなのに、「俺がお前の居場所になってやる」と予想外に甘く接してくる彼にエレオノールはやがてほだされていき…。

ISBN 978-4-8137-1571-9／定価759円（本体690円＋税10%）

ベリーズ文庫 2024年5月発売予定

Now Printing

『こんなはずではなかったのだが……ー 女嫌いな天才脳外科医は真実の愛に目覚める』 滝井《たきい》みらん・著

真面目OLの優里は幼馴染のエリート外科医・玲人に長年片想い中。猛アタックするも、いつも冷たくあしらわれていた。ところある日、働きすぎで体調を壊した優里を心配し、彼が半ば強引に同居をスタートさせる。女嫌いで難攻不落のはずの玲人に「全部俺がもらうから」と昂る独占愛を刻まれていって…!?

ISBN 978-4-8137-1578-8／予価748円（本体680円＋税10%）

Now Printing

『タイトル未定（御曹司×かりそめ婚）』 惣領莉沙《そうりょうりさ》・著

会社員の美緒はある日、兄が「妹が結婚するまで結婚しない」と誓っていて、それに兄の恋人が悩んでいることを知る。ふたりに幸せになってほしい美緒はどうにかできないかと御曹司で学生時代から憧れの匠に相談したら「俺と結婚すればいい」と提案されて!?　かりそめ妻なのに匠は蕩けるほど甘く接してきで…。

ISBN 978-4-8137-1579-5／予価748円（本体680円＋税10%）

Now Printing

『～憧れの街ベリが丘～恋愛小説コンテストシリーズ　第1弾』 未華空央《みはなそらお》・著

恋愛のトラウマなどで男性に苦手意識のある澪花。ある日たまたま訪れたホテルで御曹司・蓮斗と出会う。後日、澪花が金銭的に困っていることを知った彼は、契約妻にならないかと提案してきて!?　形だけの夫婦のはずが、甘い独占欲を剥き出しにする蓮斗に囲われていき…。溺愛を貫かれるシンデレラストーリー♡

ISBN 978-4-8137-1580-1／予価748円（本体680円＋税10%）

Now Printing

『さよならの夜に初めてを捧げたら御曹司の深愛に囚われました』 森野《もりの》りも・著

OLの未来は幼い頃に大手企業の御曹司・和輝に助けられ、以来兄のように慕っていた。大人な和輝に恋心を抱くも、ある日彼がお見合いをすると知る。未来は長年の片思いを終わらせようと決心。もう会うのはやめようとするも、突然、彼がお試し結婚生活を持ちかけてきて！未来の恋の行方は…!?

ISBN 978-4-8137-1581-8／予価748円（本体680円＋税10%）

Now Printing

『タイトル未定（ドクター×契約結婚）』 真彩《まあや》-mahya-・著

看護師の七海は晴れて憧れの天才外科医・圭吾が所属する循環器外科に異動が決定。学生時代に心が折れかけた七海を励ましてくれた外科医の圭吾と共に働けると喜んでいたのも束の間、彼は無慈悲な冷徹ドクターだった！　しかもひょんなことから契約結婚を持ち出され…。愛なき結婚から始まる溺甘ラブ！

ISBN 978-4-8137-1582-5／予価748円（本体680円＋税10%）

タイトル、価格等は変更になることがございますのでご了承ください。